시름은 덜고 여유는 한 자락 얹고

시름은 덜고 여유는 한 자락 얻고

초판 인쇄 2025년 1월 20일
초판 발행 2025년 1월 25일

지은이   이도형
펴낸이   이찬규
펴낸곳   북코리아
등록번호   제03-01240호
주소   13209 경기도 성남시 중원구 사기막골로 45번길 14
        우림라이온스밸리2차 A동 1007호
전화   02-704-7840
팩스   02-704-7848
이메일   ibookorea@naver.com
홈페이지   www.북코리아.kr
ISBN   979-11-94299-20-2(03810)

값 20,000원

길이 주는 선물, 포토에세이

시름은 덜고
여유는 한 자락 얻고

이도형 지음

북코리아

포토에세이집을 내며

평소 길 걷기를 좋아합니다. 이곳저곳 걷다 보면 길가의 정경들이 말을 걸어옵니다. 세상은 참 활기찬 스토리 텔러입니다. 무궁무진한 얘깃거리를 한 가득 품고 있다가 길 가는 나그네에게 하나둘 풀어내 들려주는 재밌는 이야기꾼입니다.

일상의 경이로움과 세상살이의 이치 등 흥미진진하고 의미심장한 얘기를 듬뿍 들려주는 세상의 속살들을 그냥 흘려보내기가 아쉬웠습니다. 사람의 그 어떤 말보다 더 묵직한 메시지를 전해오는 길가의 정경들과 소통하기 위해, 비록 곰손이지만 경외의 마음으로 사진을 찍고 그것에 의미를 붙이는 짧은 글을 써보았습니다.

이 책의 목차처럼, 길이 던진 수많은 질문에 대해 답을 구하려고 마음 분주했던 순간들, 자연의 이치에서 인생 한 수를 헤아리던 순간들, 생활문화의 향유방법을 고민하던 순간들, 생태친화적 삶의 실천을 궁구하던 순간들, 해외 여행의 도정에서 얻은 견문(見聞)들, 사찰, 성당 등 영성의 공간에서 한 줄기 빛을 갈구하던 순간 등등 이 책에 수록된 모든 사진 속 현장과 그곳에 담긴 얘기들은, 저로 하여금 무미건조한 일상에서 벗어나 늘 깨어 있게 한 죽비 소리이자 삶의 나침반이었습니다.

돌이켜보니 오랜 세월 직장살이에 얽매인 채 쉼 없이 달려왔습니다. 정신 없이 달리다 보면 넋을 놓고 다람쥐 쳇바퀴 돌듯 살아가는 자신을 발견합니다. 그럴 때마다 길을 나섰습니다. 길을 걷고 또 걸으며 제게 말을 걸어오는 세상의 수많은 속살을 사진으로 담고 그것이 전하는 무언의 메시지를 짧은 글로 옮겨 포토에세이 형식으로 저의 블로그(https://ledoh.tistory.com)에 포스팅했습니다.

블로그에 사진과 글을 올리던 그 순간들은 아메리카 원주민들의 말처럼 너무 앞만 보고 달려왔기에 뒤에 처진 영혼이 따라올 때까지 기다리던 시간이 었습니다. 저 자신이 늘 깨어 있고자 했고 또 온전히 살아 있음을 느낄 수 있었던 위안의 시간이었습니다. 무엇보다도 덧없는 인생살이의 시름은 한껏 덜고 여유는 한 자락 얻을 수 있었던 행복한 시간이었습니다.

살면 살수록 마음으로 밝히는 생각과 느낌이 많습니다. 스쳐 지나가는 바로 지금 여기에서 보고 느낀 길가의 모든 것들이, 다 사진과 글의 소재로 가치 있다고 생각합니다. 그런 일상의 경이로움과 세상의 이치를 기록하고 헤아려보기 위해 부족하나마 그간 2천여 개의 포토에세이를 블로그에 틈틈이 써왔습니다.

이제 "구슬이 서 말이라도 꿰어야 보배"라는 심정으로 그것들을 추려내 다듬고 묶어 많은 분과 공유해보고자 한 권의 포토에세이집을 마련했습니다. 여기에 수록된 몇몇 글은 저의 에세이집 《노을처럼 익어가야지》에 부분적으로 실렸는데, 이번에 포토에세이 형식에 맞게 사진을 곁들이고 글 내용도 다시 매만져 새로 내놓습니다.

포토에세이집을 꾸리면서, 사진 속 피사체들의 생김새를 다시금 면밀히 뜯어보게 됩니다. 그 생김새들은 모두 점과 선, 선과 면의 만남과 얽힘의 결과물입니다. 점들이 모여 선이 그어지고 선이 모여 면을 이루며 면들이 모여 하나의 형상이 탄생합니다.

사진 속 모든 형상의 출발점이 하나의 점이란 사실이 새삼스럽습니다. 우리네 인생도 매일의 일상이 모이고 쌓이며 흘러갑니다. 인생의 먼 뒤안길에서 잔잔히 미소 지을 수 있기 위해, 오늘 일상의 한 점을 어떻게 빚어내 어디에다 새길 지를 늘 고민하는 사람다운 형상의 한 사람이고 싶습니다.

포토에세이집을 준비하면서, 이처럼 지나온 반생을 잘 정리하고 나머지 반생으로 넘어가는 새로운 징검다리를 하나 마련한 것 같아, 삶을 긍정하는 방법에 대한 팁을 얻는 소중한 경험도 했습니다. 그 경험을 오늘도 인생의 고갯길을 넘으며 삶의 시름은 덜고 마음의 여유 한 자락을 얻고 싶은 분들과 공유하고 싶습니다.

앞으로도 길을 걸으며 사진을 찍고 찍은 것에 글로 의미를 붙여보는 하루하루를 재밌게 이어가렵니다. 늘 길 위의 방랑자로 자처하렵니다. 그렇게 더 자주 걸으며, 뒤에 처진 영혼이 따라오길 기다리겠습니다.

기다리며 사진이라는 강(江) 한가운데서 늘 노를 젓는 글 뱃사공이 되렵니다. 노를 저으며 일상의 시름은 덜고 마음의 여유를 얻는 지혜의 길을 늘 배우고 같이 나누고 싶습니다.

길 위에서 사진을 찍는 제 모습이 작고 초라할지라도, 제가 찍은 사진과 그것에 의미를 부여한 글들이 세상의 아름다움과 경이로움을 오롯이 담아내는 작지만 진솔한 그릇이었으면 합니다. 또 세상을 좀 더 크게 또 밝게 읽어내는 돋보기이면 좋겠고, 세상의 아프고 슬픈 곳을 감싸주는 따뜻한 담요 노릇을 조금이라도 할 수 있다면 더 큰 기쁨이 없겠습니다.

여러모로 어려운 여건에도 불구하고 출판의 기회를 주신 북코리아 이찬규 사장님과, 책을 멋지게 만들어주신 오유경 편집자님께도 깊은 감사의 말씀을 전합니다.

사진을 통한 세상 속 자연, 문화, 철학적 메시지 읽기에서 행복을 찾는 놀이에 여러분을 초대합니다. 자연생태와 생활문화, 길 위에서의 철학적 메시지 읽기에 관심 있는 분들의 방문과 따뜻한 조언 말씀을 부탁드립니다.

2025년 1월
이도형 씀

차례

1. 길은 사유를 낳고

8

2. 자연에서 배운다

3. 생활문화로의 초대

4. 생태 친화적 삶의 길

5. 유진(Eugene)에서의 1년, 그 내면여행

6. 모든 종교는 말한다. 사랑으로 사람다워져라

1. 길은 사유를 낳고

카메라를 메고 이곳저곳 길을 걷다 보면,
길가의 정경들이 문득 말을 걸어옵니다.
그리고 뭔가를 생각하게 합니다.
길과 주변의 정경이 전해오는 무언의 메시지를
사진과 글로 열심히 받아 적어보았습니다.
길 걷기를 좋아하는 분들과 그 메시지를 공유하며
느낌을 나누고 싶습니다.

저녁이 깃든 포구

해가 집니다. 고된 하루가 저물어 갑니다.

작열하는 태양과 거친 바다 한가운데서
물고기 떼와 씨름하던 고기잡이배가 안식처를 찾아 깃듭니다.

어부가 집으로 향하자 배도 긴장을 풀고 두 다리를 쭉 뻗어봅니다.
어획량의 많고 적음을 떠나 고기잡이의 고단한 과정이 있었기에,
어선은 엄연히 쉴 권리가 있습니다.

어부들도 마을로 돌아가 몸을 뉠 자유가 있습니다.
그들의 저녁 밥상엔 따뜻한 밥 한 공기와 술 한잔이 놓이겠죠.

고기잡이배가 내일의 노동을 위해 숨을 고릅니다.
파도가 조용히 밀려와 배의 들숨 날숨을 다 받아내며
'휴식 같은 친구'가 되어줍니다.

길고 길었던 하루가 조용히 마감됩니다.

어항의 아침

여명의 끝을 일출이 장식하며
어항의 하루가 힘차게 시작됩니다.

만선滿船의 기쁨으로 귀항한 배들은
이제 곧히 잠자리에 들 채비를 하고,

아침 공기를 가르며 출항하는 배들은
오늘도 만선의 희망을 품습니다.

귀항하는 배를 마중 나온 듯
출항하는 배들을 배웅하려는 듯

항구 위를 나는 갈매기의 활공이
어항의 아침 공기를 덮혀줍니다.

장소의 힘

멋진 곳에 가면 그곳의 붙박이가 되어
오래도록 서성이고 싶습니다.

아름다운 장소에선 그곳의 일부로
다시 태어나고 싶습니다.

이곳 석양의 배려와 노을의 응원에 힘입어

마음 아픈 사람들은
한 줌 위안을 얻고

성긴 내면을 쓰다듬을
부드러운 깃털도 하나씩 받아 갑니다.

23

서울은 다양하다

서울 도심 한복판은

시간적으론 전통과 현대의 교집합
공간적으론 동양과 서양의 합집합

그 문화 다양성 속에
숱한 이야기가 서려 있고
다채로운 삶의 내력이 숨어 있는 곳

그래서 마냥 걷고 싶은 곳
진종일 걸을 만한 곳

눈으로 마시고 귀로 맛보며,
마음으로 다가가

찬찬히 하나하나 음미하고픈 곳

자작나무 나라로 가는 길

차에서 내려 4.5km를 걸어 들어가야만
도착할 수 있는 머나먼 나라

멀리까지 깊게 찾아가야만
비로소 깃들 수 있는 곳

그 끝에 귀족 나무 자작나무 숲이
큰 팔 벌려 반겨주는 평온의 나라!

멀리 깊게 찾아가는
수고로움만이

그 나라로 들어가는
유일한 입장료!

영양 자작나무 숲

철길은 미술 선생님

기차가 굉음을 내며 그 위를 달릴 땐
그저 평범한 교통 시설물이지만,

기차가 지나가지 않는 한적한 시간엔
철길은 자상한 미술 선생님으로 변신합니다.

소실점과 원근감, 대칭의 미학과,
주조색, 포인트색 등 색채의 다양함과 균형감 등

그림의 입체적 완성을 위한 필수 요소들을

하나하나 알려주고
몸소 보여주는

친절한 미술 선생님입니다.

유리벽은 경찰청, 기상청

도심 한복판 고층빌딩의 전면 유리벽은
교통정보 수집장치입니다.

도로 위 차들 흐름의 막히고 뚫림을
큰 유리벽을 통해 다 살펴볼 수 있습니다.

고층빌딩의 전면 유리벽은
단속카메라 구실도 합니다.

속도위반이나 중앙차선 침범 차량은
유리벽 면에 고스란히 포착됩니다.

고층빌딩의 전면 유리벽은
계절의 변화를 알려주는 기상청 역할도 합니다.

길가의 가로수들이 철 따라 물들어가는 모습과
행인들 옷 두께의 변화도 다 담아냅니다.

대문은 마음의 거울

아침에 대문을 나서며

"오늘은 동그라미처럼 둥글게 둥글게 살아보자"고

늘 다짐하지만,

저녁엔 집 문을 들어서며

"오늘도 네모처럼 참 각角지게 살았네.

내일은 제발 세모의 균형각이라도 이루며 살아야지"

하며 늘 반성하게 되지요.

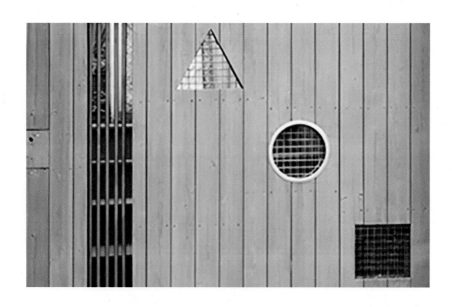

30

눈빛은 마음을 읽는 척도

누구를 사랑할 때의 눈빛과
누군가를 증오할 때의 눈빛이 극명한 대조를 이루는군요.

누구를 사랑할 때의 눈빛은 간절하되 아늑하지만,

증오의 눈빛은 매섭되 한없는 슬픔을 담고 있습니다.

그러고 보니 눈빛은 사람의 마음을 읽어내는 척도이군요.

내 사랑의 대상이 나의 눈빛에서 아늑한 둥지를 발견할 수 있도록
서로의 눈빛을 가다듬어야겠군요.

31

덧셈의 미학

좁다고, 모자란다고
마구 부수고 파헤치고

새 계단을 놓아봤자
또 모자랍니다.

원래대로 쓰다가
정 모자라면

덧대고 덧붙여
넓혀 쓰면 됩니다.

아주 그만 안성맞춤입니다.

계단 언덕길의 미학

저 계단 언덕길을 올라가야만
각자의 집으로 들어갈 수 있고,

저 계단 길을 공유해야만
동네가 만들어집니다.

계단 언덕길은
사람과 사람을 잇는 연결고리입니다.

불통의 세상을 지우는 지우개이자,
동네의 가능성을 그려내는 흑연필입니다.

원근법의 예외

점점 좁아지는 길, 멀어져가는 나무, 작아지는 집들

도로 위의 모든 것이
눈에서 멀어질수록 작아지는 원근법의 지배를 받지만

저 석양만은 원근법의 영향을 안 받습니다.
저기 저곳에서 조금씩 땅으로 꺼질 뿐입니다.

석양은 멀고 가까움의 세속적 잣대를 벗어나 있습니다.
근거리, 원거리 경쟁 따위엔 아예 기웃거리지 않습니다.

새벽에 출근해서 온 힘을 다해
세상을 밝히고 덥혀주다가

날이 저물면 묵묵히 퇴근길에 오를 뿐입니다.

오랜 우정

하루 내내 서 있는 건물 벽이 안쓰러운지 해님이 슬며시 다가와 말을 겁니다.

"진종일 거기 서서 사람들 품느라고 자네 참 고생 많네."

건물 벽도 해님을 반기며 말을 뱉습니다.

"자네도 종일 이곳저곳 돌아다니며 사람들 가는 길 밝혀주느라 욕봤네, 그려.
조금만 더 세상을 밝혀주고 피곤하니 어서 들어가 쉬게나."

건물 벽의 따뜻한 배려에 고마워서 해님도 말을 잇습니다.

"밤새 거기 서서 지키려면 추울 터이니 자네 몸 좀 더 덥혀주고 들어갈게.
걱정 말게나."

해님과 건물 벽은 오늘도 서로를 보듬으며 깊은 우정을 쌓아갑니다.

실명제냐, 실적제냐

사원 안의 기둥마다 새겨진
저 이슬람 이름이 주는 의미는 무엇인가요?

석공이 기둥을 튼실히 만들었음을
자기 이름을 걸고 입증하는 일종의 실명제인가요?

아니면 자신이 제조한 기둥 수만큼
급료를 더 받으려고 제출한 실적자료일까요?

여하튼 기둥마다 그것을 만든 사람들의 이름이 새겨진 것을
발견하며 무척 신선한 느낌을 받았습니다.

그것이 실적제의 징표라면, 석공의 근면성을
성과급으로 연결해 주는 정직한 평가 잣대로 작용했겠지요.

그것이 실명제의 흔적이라면, 오랜 세월 뒤에도
안전시공의 정면교사로 길이길이 남겠지요.

스페인 코르도바 메스키타 사원

세월의 울림

도시는 한순간에 만들어지지 않습니다.

세월의 단층이 쌓이고 쌓여
오늘의 삶터가 마련된 것입니다.

역사는 먼 옛날 먼 곳에서 타임머신을 타고
갑자기 달려오는 것이 아닙니다.

저 깊은 곳에서부터
세월의 허와 실을 하나하나 드러내고 다치며
위로, 위로 기어 올라오는 것입니다.

그래서 역사 공부는 책 보며 연표를 외우는 것이 아닙니다.

땅에 발을 딛고
그 깊은 세월의 울림을 느껴보는 것입니다.

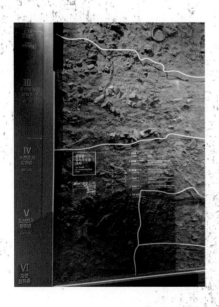

종로구 공평동 도시유적전시관

37

멋진 황혼을 보여준 사람

한국학의 거장 고故 김열규 선생의 유고작《아흔 즈음에》를 보면,

구순에 가까운 노년에도 선생은 시간을 쪼개 글을 쓰며
당신의 젊었을 때보다 더 치열하게 책 읽기와 글쓰기에 몰입했습니다.

생生의 숙제를 다 하기 위해
죽음의 목전까지 고단한 삶을 자청했습니다.

생에 대한 열정과 학문에 대해 최선을 다한 선생의 마지막 모습이
걸늙어 가는 많은 후학들에겐 생생한 좌표가 되고 있습니다.

하루를 마감하며 하늘 전체로 번져가는 저 찬연한 저녁노을이
선생의 멋졌던 황혼을 상징하는 듯합니다.

계곡을 다 빠져나가면

생生의 긴 계곡을 지나는 중입니다.

계곡 안 곳곳에 나의 여러 얼굴이 포진해 있습니다.
그 얼굴마다 담긴 사연들을 짐작해 봅니다.

생의 긴 계곡을 지나는 건 모든 사람의 숙명입니다.
그 숙명을 따르는 것이 순명順命입니다.

주어진 만큼의 속도로 계곡을 지나갈 뿐입니다.

물 흐르듯 계곡을 다 빠져나가면
그 끝엔 '다른 나'가 서 있으면 좋겠습니다.

해변 보석가게

잔잔한 물결 위로 풍성한 햇빛이 내려앉으니

마치 수백 개의 보석이 진열된 보석가게인 듯
해변이 마구 반짝입니다.

이곳 해변 보석가게에선
다양한 모양과 색채의 보석들을 실컷 구경할 수 있습니다.

보석 수십 개도 공짜로 가져갈 수 있습니다.

하지만 그 보석 반지들은 육신의 손엔 낄 수 없습니다.
그저 마음의 눈으로만 치장해야 합니다.

참 진기한 보석입니다.

항구는 전진한다

이곳은 바닷사람들의
땀 냄새와 더운 숨결이 가득한 곳입니다.

물이 두렵거나 뭍이 그리우면
도저히 있을 수 없는 리얼 삶의 현장입니다.

오늘도 바닷사람들은
바다로 나아가는 길목을 늘리며

바다에서 그들 생生의 기회를 넓혀 나갑니다.

저 끝까지 모두 해양인의 마당입니다.

울진 후포항

이 집의 주인은 저 나무

어느덧 세월이 흘러
꼬맹이 나무가 성년의 나무로 자라자,

건물 벽엔 시간의 흔적이 선명하고
집은 나무와 더불어 익어갑니다.

이제 이 집의 주인은
그곳에 사는 사람들만큼

저 나무이기도 합니다.

나무 그늘 아래 선한 사람

더위가 기승을 부리는 한여름이 오면
사람들은 부지런히 나무 그늘을 찾습니다.

시원한 나무 그늘 한 자락 차지하면
세상에 더 이상 부러울 게 없지요.

등을 타고 흘러내리던 땀은
어느새 다 식고

더위에 덩달아 치솟던
마음속 화기火氣도 한결 누그러지지요.

시원한 나무 그늘 덕에
선善한 사람 하나 태어납니다.

45

해님은 빈손으로 오지 않는다

연일 맹추위가 기승을 부립니다.
외출을 자제하고 집에서 이것저것 하며 소일消日합니다.

추워서인지 거실과 앞 베란다에 놀러 온 햇살이 무척 반갑습니다.

해님은 절대 빈손으로 놀러 오지 않습니다.

밝은 햇살과 따듯한 온기가 가득 담긴 선물 보따리를 풀며
집의 자연난방과 자연채광을 돕습니다.

자신의 재능을 한껏 발휘해
그림자 마술쇼도 화려하게 펼칩니다.

덕분에 누추한 집안이 새 생명을 얻습니다.

초라한 형색일랑 훌렁 벗어 던지고
그림자라는 멋진 새 옷으로 잔뜩 치장합니다.

추억만한 저금통도 없다

"가족은 추억이란 이름의 기금을 형성해 놓고
그 이자로 살아가는 사람들"

나이가 들어
품 안의 자식들이 제각기 짝을 찾아 둥지를 떠날 날이
얼마 남지 않아서인지

미국의 어느 작가가 한 위의 말이
점점 피부로 와닿습니다.

자식들이 둥지를 떠날 때까지
서로 시간을 내고 일정을 맞춰
가족여행 추억을 많이 새겨 놓아야겠습니다.

그래야 자식들이 다 떠나간 뒤에도
가끔 추억 저금통을 꺼내서

그 이자를 맛보며 사는 소소한 기쁨도 누릴 수 있겠지요.

47

추억 속으로

전화기가 귀하던 시절
우린 누군가와 소통하기 위해 저곳을 자주 찾았지요.

동전이 허락하는 만큼만 급한 용건을 전하거나
통화를 연장하기 위해 계속 동전을 넣으며 저곳을 차지했지요.

이젠 우리 몸의 일부가 된 똑똑한 휴대폰으로
아무 때나 아무 곳에서나
내 마음 내키는 대로 누군가에게 내 존재를 알리지요.

그것이 지나쳐 남의 마음을 상하게 하고 남의 생활리듬을 깨기도 하지요.

이젠 지난날의 유품처럼 저락低落한 저 공중전화 부스를 보며,

소통의 수단이 부족했기에 그만큼 소통이 절실했고
소통의 가치가 컸던 그 시절의 추억을 곱씹어 봅니다.

남양주 팔매네 오채수도원

텅 빈 충만

고궁은 겨울에 보아야 제격입니다.

깊은 눈 속에 사위四圍는 적막에 들고,

침묵의 옛집들은 백색의 옷을 입습니다.

백색의 겉 세상은 텅 비어 있지만,

그 안은 무언의 메시지로 가득 차 있습니다.

우린 주말에도 일해요

노동하는 사람에게 주말은
천금과도 바꿀 수 없는 최애最愛의 시간

주말의 온전한 쉼이 있어야
주중 일터에서의 힘겨운 버팀도 가능하지요.

하지만 주말에 일복 터지는 직업들도 있습니다.
요식업이나 숙박업, 여객운송업 등 서비스 업종이 그렇죠.

여기 선착장도 그런 곳 중 하나입니다.

오늘도 연안 여객선은 뭍과 섬을, 섬과 섬을 잇기 위해
부지런히 발품을 팔지요. 이곳은 숭고한 노동현장입니다.

선착장은 인생학교이기도 합니다.

주말에도 일을 주저하지 않는 분들의 헌신 덕에
오늘 내가 편하게 이동의 자유를 누릴 수 있음을,

사람 간의 상호의존성과 상호연결성을 깨우치는 레알 배움터입니다.

영종도 삼목 선착장

쉼표가 필요해

젊을 땐 언제나 길 위에 서 있었습니다.
어딘가를 향해 늘 달렸습니다.

길가의 의자 따윈 안중에 없었습니다.

나이가 좀 든 이젠, 길 위에 마냥 서 있는 것만이,
어디를 향해 달려가는 것만이 능사가 아님을 압니다.

가끔은 가던 길 멈추고 고개 들어 하늘을 보렵니다.
길가에 의자가 보이면 기어이 쉬었다 가겠습니다.

잠시라도 앉아 먼 산 지그시 응시하고
침침한 눈 씻어내며 숨도 고르고 싶습니다.

길옆 나무에 등 기대며 잠시나마 쉼을 청해 보렵니다.
더러 쉼이 있어야 삶도 있습니다!

노를 놓아야!

우리의 생生은 자칫 하찮은 것들을 배에 가득 실으려는
탐욕의 노 젓기에 불과하기 쉽습니다.

허명虛名과 소리小利를 향한 허망한 노 젓기!
그 와중에 배의 주인은 중심을 잃고 맙니다.

이쯤에서 고은 시인의 시구절 하나가 절실히 다가옵니다.

"노를 젓다가 노를 놓쳐버렸다. 비로소 넓은 물을 돌아다보았다."

하찮은 방향으로의 노 젓기로는
생生의 깊이와 너비를 맛볼 수 없습니다.

인생이라는 강물 위에선, 가끔 노를 놓고 그저 흘러가며
강의 깊이와 넓이를 느껴보는 순간도 필요합니다.

"노를 젓다가 노를 놓쳐버렸다. 비로소 넓은 물을 돌아다보았다."

새해 아침을 맞아, 저 자신을 돌아볼 경구警句로 새겨야겠습니다.

미국 케스케이드 산 클리어호 (Cascade 산 클리어호 (Clear Lake)

이상한 은행들

높은 대출이자와 고가의 수수료에 힘입어
시중은행들의 순이익이 연신 최고치를 기록했다고 합니다.

시중은행들한텐 큰 힘이 된 높은 대출이자와 수수료는
서민들에겐 힘겹게 넘어야 할 또 하나의 높은 산입니다.

그래서 서민 삶을 옥죄는 시중은행들을 국유화해야 한다고
외치는 사람들도 적지 않습니다.

"연탄은행, 나무은행, 사회연대은행-----!!"

세상엔 이런 '사람의 얼굴'을 한 은행도 있어,
그나마 우리를 덜 외롭게 합니다. 살짝 희망도 갖게 합니다.

이런 이상한 은행들은 많을수록 좋습니다.
아니 많아야 합니다.

54

진정한 그늘을 찾아서

길을 가는 사람이면 누구나 이용할 수 있는
개방된 그늘 길이 있는가 하면,
자기 가게 손님만 따가운 햇볕을 피하도록
조성된 상업적 그늘 길도 있습니다.

상혼商魂이 짙은 그늘 길에선,
돈 없는 사람은 시원한 그늘의 주인이 되기 쉽지 않습니다.

돈 있는 사람에게만 제공되는 배타적 그늘 길보다는
만인이 공유할 수 있는 그늘 길이 더 많이 눈에 띄고 더 넓게 자리해,

한여름 불볕더위 하에서도
우리 모두 자유롭게 활보할 수 있길 기대해 봅니다.

저 길은

저 길은 어떻게 보아야 할까요?

권위와 획일의 질서를 상징하는
거대한 수직의 밑으로

머리 조아리며 기어오르는
숭앙의 오르막길, 굴종의 길인가요?

아닙니다. 아닙니다.

수직의 교만에서 빠져나와
그 해악을 찬찬히 헤아려보는 성찰의 내리막길,

수평의 가치를 찾아 나서는 대안의 길로 보고 싶습니다.

저 길은 굴종의 오르막길일 수 없습니다.
평등의 방법을 찾아 낮은 데로 임하는 길이어야 합니다.

오르막길과 내리막길

한눈 한번 팔지 않고 인생 오르막길
열심히 올랐더니 어느새 내리막길이네요.

저만치 놓인 내리막길 바라보니
치열했던 지난 반생半生이 주마등처럼
지나갑니다.

그동안 이루어낸 몫에
마음 한구석 시원하지만,
갖가지 시행착오로
번민 가득했던 지난날도 떠올라
부끄러운 마음도 쉽게 지울 수 없습니다.

그래도 내리막길은 인생 후반기의 복병을 경계하며 천천히 내려가야겠죠.
내려갈 땐 직선의 길보다는 다소 돌더라도
주변을 완상玩賞할 수 있는 곡선의 여유로운 길을 택해 보렵니다.

반만 열린 대문

반쯤 열린 대문 틈으로 집 안이 조금 드러납니다.
문이 반만 열려 있기에 살짝 궁금증도 불러일으킵니다.

반만 열린 대문에는 활짝 열린 문이 보여주는

확 트인 개방감과 화끈한 스펙터클은 없지만
순간적 화려함 뒤의 오랜 허망함도 없습니다.

반만 열린 대문엔
집안을 한껏 드러내고픈 자만심과 경솔함을
짐짓 경계하려는 집주인의 겸양지심이 담겨 있습니다.

반만 열린 대문은
그 집을 찾아온 사람들이 궁금증을 달래며

그곳을 찾아온 이유와 그 안으로 들기 위한
예의의 몸가짐을 되새기게 하는 장치이기도 합니다.

덕분에 나그네 마음에도 겸양의 미덕 한 줄 새겨집니다.

충북 보은 우당고택

58

항아리들의 합창

한 치의 흐트러짐도 없이
제자리를 지키는 저 항아리들은
질서의 미학을 보여줍니다.

각자 자신이 처해 있을 곳을 잘 알고
그 자리를 묵묵히 지킬 때

각각의 점들이 모여 정연한 선을 만들고,
그 선들이 모여 반듯하고도
아름다운 면面을 자아냅니다.

한순간의 게으름도 없이
자기 안의 것을 익혀 가는 저 항아리들은
세상살이의 순리도 알려줍니다.

서두르지 않고 나대지 않고
순간순간 자기 몫을 다할 때

그 안의 것이 무르익고 발효되어
숙성의 맛으로 다가옵니다.

이곳은 바위 전시장

이곳엔 깎아지르듯 날카로운
수직바위도 있고,
한없이 평평하고 널따란
수평바위도 있습니다.

세상엔 수직과 수평만이
있는 게 아니라고 소리치며
사선 형태의 바위가 나서자

그 모든 직선의 날카로움과
모남을 감싸안으려는 듯
둥그런 바위가
넌지시 헛기침합니다.

바다는 색채 전시장

푸른 하늘에 파란 바다
노랑, 빨강, 하양, 초록, 파랑, 주황의 햇볕 가림막과 돗자리들

여름 바다는 색채 전시장입니다.

지금 여기서 우리가 각자 선호하는 색깔의 우선순위를
굳이 따지려 드는 것은 참 어리석은 일입니다.

색들의 선의의 경쟁을 그저 즐기기만 하면 됩니다.

색들은 경쟁만 하지도 않습니다.

서로서로 조화를 이루며
한 폭의 여름 풍경화를 완성합니다.

연밭 교실

살아선 녹색 잎의 건강함과
형형색색의 꽃으로 색채의 미학을 뽐내더니

죽어선 물속에 제 몸을 던져
기하학적 미학을 선사하는군요.

세모꼴, 네모꼴, 마름모꼴, 타원형, 오각형!

그래서 겨울 연밭은 수학교실 같습니다.

겨울 연밭은 무용교실이기도 합니다.

한껏 휘어진 연꽃대의 품새가

큰 공연을 앞둔 무용수들의
자유로운 몸풀기 동작과 꽤나 흡사합니다.

겨울 수채화의 완성

들판 위로 차가운 바람 한 줄기 흘러가고
눈 덮인 세상은 백색으로 충만합니다.

저 멀리서 시작된 발자국이
총총히 쌓여 멋진 동선 하나 만들어냈군요.

사람의 발걸음이 나무를 향하자
해님이 발자국 위에 축복의 빛을 선사하네요.

강가에 나목裸木 한 그루 서 있어,
겨울 수채화 한 점 멋지게 완성됩니다.

둘레길을 걷는 법

둘레길을 걷는 방법은 두 가지입니다.
거북이걸음으로 느긋하게 걸을 수도 있고,
토끼걸음으로 잽싸게 뛰어갈 수도 있습니다.

흥미로운 점은 어떤 걸음으로 가도,
생각보다는 시간 차이가 아주 크지 않다는 점입니다.

둘레길만 그런 것은 아니겠죠.
우리네 인생길도 마찬가지입니다.

거북이걸음으로 느긋하게, 그 대신 끝까지 걸어가 보죠.
거북이걸음으로 걸어가면
파란 하늘도 올려다볼 수 있고
포근한 땅도 느끼면서
주어진 인생길을 즐겁게 갈 수 있습니다.

우리의 느긋한 발걸음을 응원하기 위해
새들은 정겹게 노래하고,
얼굴에 흐르는 땀을 식혀 주려고
시원한 바람 한 줄기도 신나게 불어오겠죠.

세속의 함정을 피하는 법

미국 유신시 인근 피스가(Pisgah)산

높은 곳에서 내려다보면
땅 위의 모든 것들은 다 작게 보입니다.

꽤나 값나가는
큰 집도, 비싼 차도
작고 하찮게 보일 뿐입니다.

마음이 복잡하고 세상살이가 힘겨울 땐
산에 오를 일입니다.

높은 산에 올라가
나를 옥죄는 저 세속의 함정들이
별것 아님을 깨닫고,

그것에 마냥 짓눌렸던 못난 자신을
점잖게 꾸짖고 내려올 일입니다.

그러면 물질이라는 세속의 함정에서
한 발짝 빠져나올 수 있습니다.

1m의 차이

당신은 어느 쪽으로 가시렵니까?

1m가 더 가깝다고 오른쪽 출구를
향해 뛰어가시겠습니까?

1m가 더 멀지만 혹시나 하는 마음에
왼쪽으로 달려가시겠습니까?

어느 쪽으로 가는 게 유리한지는 저도 잘 모르겠습니다.
그러나 여기에 삶의 진실이 있음은
어렴풋이나마 알겠습니다.

어느 쪽으로 가든 일단 220m는 달려가야만
터널을 빠져나갈 수 있다는 점입니다.

사소한 점이나 작은 차이에 현혹되어
이쪽으로 갈까 저쪽으로 갈까 우왕좌왕하기보다는,

어느 쪽이든 자신에게 주어진 길을 끝까지 묵묵히
제 속도로 가는 것이 가장 빠른 길이겠지요!

수평의 가치를 만끽하는 곳

키재기 경쟁을 일삼는 사람들을 닮아
건물들도 수직 경쟁만 일삼는
배금拜金주의 사회 안에서 늘 숨 막히다가

수평의 하늘, 수평의 호수, 수평의 숲 등
많은 것들이 평평하게 존재하는 이곳에 서니

수평의 가치인 안정감과 평온함이
온몸으로 스며듭니다.

번지점프대만이 멋쩍은 듯
수줍은 얼굴로 겨우 한 자리를 차지한 채
수평의 장소성을 더 돋보이게 할 뿐입니다.

밤 산책 수업

요즘 밤하늘을 볼 수 있는 기회가 많습니다.
밤에 운동 삼아 산책을 많이 나간다는 얘기지요.

밤 산책을 하다 보면, 가로등 불빛을 향해 달려드는
무수한 불나방을 보게 됩니다.

이놈들을 쳐다보며, 세속의 탐욕에 눈이 멀어
돈과 권력, 한 줄 직함에 속수무책인
영혼 없는 인간은 되지 말자고 다짐해 봅니다.

밤 산책이야말로 나이 들어가는 사람이 매일 해야 할
일상의 숙제 같습니다.

숙제를 하다 보면 조금씩 더 철이 들며
자신의 나이 듦을 사랑하게 되는 꽤 멋진 순간도 다가옵니다.

노을처럼 익어가야지

돌다리도 두들겨 보고 건너고
아는 길도 물어가며

주어진 길, 주어진 속도로
다 걷다 보면

저 노을처럼 익어가는
후반생이 되겠지요.

69

우린 서로 연결되어 있어요

여기 좁은 골목길 안에서

앞집과 뒷집을 잇는,
옆집과 옆집을 잇는

저 숱한 전선 줄들을 보며

우리의 삶에 부여된,
사람 간의 필연적 관계성을
잠시 생각해 봅니다.

우리는 서로 연결되어 있습니다.
떼려고 해도 도저히 뗄 수가 없습니다.

70

아름다운 구속

포구에 붙잡혀 있던 배들은 밀물이 들면
자유를 갈망하듯 앞다투어 넓은 바다로 달려가지요.

바다에서 한껏 자유를 누리며 물고기를 잡다 보면
허기도 지고 슬슬 식구들 얼굴도 생각나지요.

그래서 그물을 올리고 다시 포구로 향하지요.

포구는 자유를 향한 출발점이기도 하지만

뭍의 정든 이들을 찾아 깃드는
아름다운 구속의 종착역이기도 합니다.

다리와 계단에 대한 명상

세대 간의 대화 단절에
빈부격차가 낳은 계층 대립,
날로 커지는 사람과 자연 간의 거리감까지

우리를 둘러싼 삶의 조건들이
자꾸 헝클어지고 깨져 나갑니다.

그냥 방치할 수만은 없습니다.

위아래로는 계단을 만들어 연결하고
앞뒤로는 다리를 놓아

어렵지만 단절의 강과 대립의 언덕을
넘어가야겠습니다.

다리 하나가 단절의 강을 잇고,
계단 몇 개가 수직적 위계의 높이를 낮춰,

그 위로 삶에 지친 사람들이 건너고 오르며
고단한 삶의 고개를 넘으면 좋겠습니다.

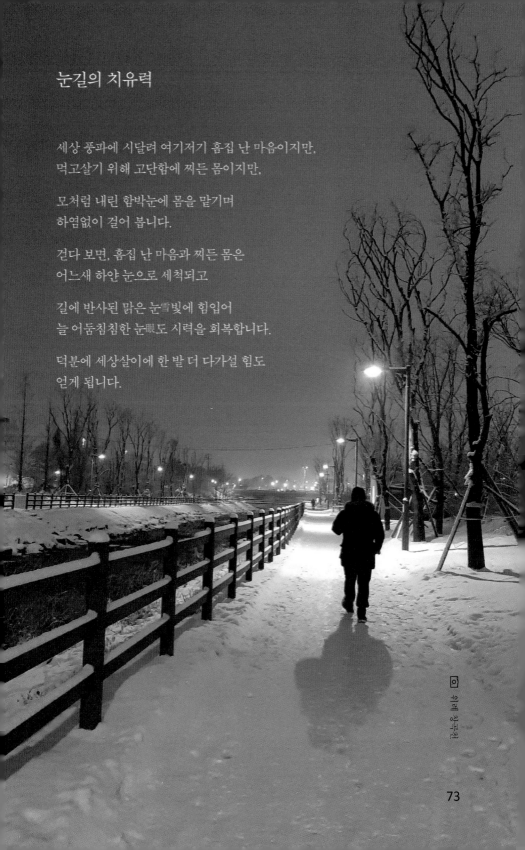

눈길의 치유력

세상 풍파에 시달려 여기저기 흠집 난 마음이지만,
먹고살기 위해 고단함에 찌든 몸이지만,

모처럼 내린 함박눈에 몸을 맡기며
하염없이 걸어 봅니다.

걷다 보면, 흠집 난 마음과 찌든 몸은
어느새 하얀 눈으로 세척되고

길에 반사된 맑은 눈雪빛에 힘입어
늘 어둠침침한 눈眼도 시력을 회복합니다.

덕분에 세상살이에 한 발 더 다가설 힘도
얻게 됩니다.

메타세쿼이아 길의 치유력

현실의 벽에 부딪히고 경계를 쉬 넘지 못할 때는
언제나 이 길을 찾아오세요.

편한 옷과 가벼운 마음으로 이 길을 걸으세요.

현실의 눈은 멀리 내다보되,
마음의 눈으론 길옆 나무들의 장쾌하고 풍성한 모양새를
찬찬히 느끼며 발걸음의 여유를 찾아보세요.

행여나 오랫동안 마음 썼던 일이 잘 안 풀렸다면
어차피 한번은 앓아야 할 마음 홍역이었다고
체념하며 그냥 껄껄 웃어넘기세요.

그런 체념 섞인 달관으로
지난날의 헛된 마음 씀과 지금의 허기진 마음을
마음 용광로에 넣고 불사르며
마음 매듭 한번 지으면 됩니다.

ⓞ 하남 당정뜰 메타세쿼이아길

74

구름의 기 싸움

지금 하늘에선 먹구름과 하얀 뭉게구름의
한판 승부가 펼쳐지는 중입니다.

먹구름의 거센 공격에
다소 뭉게구름이 수세인 듯 보입니다.

뭉게구름이 수비를 견고히 하며,
어서 역습의 기회를 노렸으면 좋겠습니다.

뭉게구름의 역공 끝에
파란 하늘에 하얀 구름만 가득하길 고대해 봅니다.

광명은 언젠가 찾아온다

우리 걱정의 96%는 아무 근거 없는 부질없는 짓이거나,
도저히 어찌할 수 없는 통제 불능의 것이라 합니다.

그걸 알면서도 걱정거리에 대한 우리의 방어력은 매우 취약합니다.

우리를 지배하고 구속하려는 듯 오늘도 걱정의 먹구름 떼는
머리 위를 뒤덮고 마음속 깊이 헤집고 들어옵니다.

먹구름이 드리울 때마다 그것을 깨부수는 광명이 찾아오면 좋겠습니다.

그러려면 먹구름을 헤치며 간혹 깃드는 저 한 줄기 빛을 놓치지 않으려고
고개 들어 하늘을 자주 응시하는 긍정의 삶, 기원의 삶이 필요합니다.

긍정의 시간이 많을수록 광명을 볼 기회가 많아집니다.
걱정의 먹구름 떼를 쫓아버리는 내면의 힘도 더 길러집니다.

건축의 명과 암

이렇게 화려하고 웅대한 건물을 짓기 위해
얼마나 많은 사람의 간난艱難과 희생이 따랐을까요?

물론 신실한 신앙심과 종교적 신념에 따라
공사에 자진해 참여한 사람도 있었겠지요.

하지만 대부분의 대규모 건설공사엔 정치적 의도가 깔려 있어
피할 수 없는 폭력과 강압이 무서워
강제 동원된 사람도 많았을 것입니다.

그런 생각을 하며 이 건물을 다시 보니
건물 높이가 한 뼘씩 올라갈 때마다 많은 노역자의 고생도 늘어나
그들의 눈물과 한숨의 탑 기둥 높이 또한 만만치 않았음을 상기하게 됩니다.

앞 건물 회랑의 아치 안에 담긴 저 뒤 건물의 우뚝 선 자태가
오늘따라 더 고압적 위세로 다가옵니다.

모로코 카사블랑카의 핫산 II 모스크타

외나무다리를 건너는 까닭

우리가 굳이
외나무다리를 건너는 까닭은

잃어버리기 쉬운
삶의 균형감을 되찾고

잊어버리고 살았던
삶의 목표에 다시 집중하기 위해서이죠.

자기 앞에 주어진
외길 인생의 소중함을 되새기며

다시 한번 생生의 의지를
불태우기 위해서이기도 하죠.

80

계단을 오르는 이유

긴 계단을 오르는 것은 참 고통스런 일입니다.

그래도 굳이 계단을 오르는 이유는

계단을 오를수록 더 넓게 열리는
푸른 하늘을 가까이서 맛볼 수 있기 때문입니다.

긴 계단을 오르는 고통의 끝엔
푸른 하늘을 만끽할 수 있는 깊은 감동이 기다립니다.

감내堪耐해야 감래甘來입니다.

마음의 돋보기

어디서나 쉽게 눈에 띄는 평범한 것들도
이렇게 클로즈업해 보면 남다르게 보입니다.

그래서 우리는 어떤 사람이나 사물이 평범하다고
함부로 폄하하고 무시할 일이 아닙니다.

사물이나 사람에게 초점을 맞춘 뒤
더 자세히 들여다보겠다는
마음의 돋보기 하나 장착하고,

얼핏 평범함에 가려진 진면목을 찾아내려는
선구안이 필요합니다.

그럴 때 각자의 개성과 다양성이
모두 존중받는 평등 세상이 한 걸음 더 다가옵니다.

길은 심리치료사

마음이 단단히 꼬여 갈피를 못 잡을 때,
마음이 마냥 정처 없이 헤맬 때,
마음이 심히 복잡해 생각의 실타래를 풀기 어려울 때,

이 길을 걸어보지요.

탁 트인 길을 천천히 걸으며,

마음의 먼지는 털어내고
꼬인 마음은 다리미로 쫙 펴며

저 길 끝까지 뚜벅뚜벅 걷다 보면

어느새 생각의 물꼬는 터지고
정처 없던 마음도 제 갈 길 찾겠지요.

U자형 내리막길의 매력

급경사면에 쭉 뻗은 직선의 내리막길은

빠른 속도엔 비례하지만
안전 통행엔 극히 반비례합니다.

여기 완만한 경사면의 U자형 길은

빙 돌며 내려가야 해서

속도엔 다소 반비례해도
안전엔 두말할 것 없이 정비례합니다.

도시의 자양분

해가 지켜주니
도시의 낮은 환히 빛나고

달이 찾아오니
도시의 밤은 덜 외롭습니다.

낮을 밝혀주는
해의 양광陽光과

밤을 보듬어 주는
달의 음덕陰德으로

오늘도 우리의 하루는 완성됩니다.

위례 중앙광장, 위례 천문천변

경계는 신세계로의 입장권

나라의 경계인 국경은

통과의 까다롭고 번잡한 만큼
이국적 체험의 기대감을 한껏 갖게 하는 곳

낮과 밤의 경계인 저녁은

진종일 노동의 수고로움이
휴식의 아늑함으로 연결되는 달콤한 순간

이처럼 세상의 모든 경계는

신세계로의 입장 티켓!

하루의 매듭

승리의 도취감에 잔뜩 들떠 하루를 마감하든,
패배의 쓰디쓴 술잔 앞에서 애써 하루를 접든

하루 일과의 매듭짓기는 필요합니다.

오늘 매듭을 잘 지어야
내일을 다시 시작할 수 있습니다.

하루 일과의 끝자락에서
문득 올려다본 저녁 하늘에

석양이 토해낸 노을 한 자락이 머물고 있다면

우리 몸엔 짧지만 달콤한 휴식이,
마음엔 평온한 안식이 깃들 수 있겠죠.

차선 방향을 보면 시간을 안다

퇴근 시간이 되면

집을 향한 차선은 포화 상태
집을 떠나는 반대 차선은 한산할 뿐

종일 일터에서 몸과 영혼 다 바치고
쉼터로 돌아오는 길은 안식을 향한 길

사람들은 둥지에 다 왔다는 안도감에
다리 쭉 뻗고 따뜻한 저녁 밥상 앞에
어서 앉길 고대합니다.

혹시나 밤의 일터를 향해 출정하는
반대 차선의 차가 있다면
힘찬 응원의 박수도 잊지 말아야겠지요.

강변에서의 수다

세상 어디를 가봐도 공통점 하나가 있습니다.

청년들은 하루 일과가 끝나도
쉬 집에 들어가지 않는다는 점입니다.

어둠이 내리는 저녁 무렵이 되니
교토의 젊은이들도

가모 강변에 삼삼오오 모여

하루의 일과를 연인이나 친구에게
다 털어놓습니다.

그들의 열띤 만남과 풍성한 얘기꽃 속에서
우정과 사랑도 익어갑니다.

가모 강변의 밤도 깊어갑니다.

90

이름은 존재의 지향점

리츠메이칸 대학의 법학부 건물은 존심存心관, 문학부는 청심淸心관,
산업사회학부는 이학以學관, 보건센터는 지학志學관

사람이건 건물이건 그 이름은 그 존재 이유를 세상에 제시합니다.
사람이나 건물이나 그 이름을 통해 마땅히 그 존재가치를 증명해야 합니다.

여기 대학 건물들은 과연 이름에 걸맞게 자신의 미션을 다하고 있을까요?

우리네 대학들처럼 인문사회관, 공학관, 대학원 등 기능에만 충실한
몰개성적 명칭을 건물에 기계적으로 갖다 붙이는 것보다는,

학문의 지향점과 인재양성 포인트를 명시한 이런 식의 대학건물 명칭이
사람을 키워내는 대학 본연의 존재 이유를 조금은 더 보여줄 것 같습니다.

단풍잎 나물 소찬

숲길 오가며
하나둘 줍다 보니

어느새 예쁜 단풍잎들이
한 주먹 가득해집니다.

주울 때의 추억을 양념 삼아
단풍잎 나물을 맛나게 무쳐

식탁 위 휴지 접시에 소복하게 담으니

당분간 매일 아침저녁으로
눈요기할

단풍잎 나물 소찬 한 접시
뚝딱 차려집니다.

단풍 불은 서둘러 진화할 필요 없지

여기 큰불이 났습니다.
머리 위에서 나무들이 마구
불타오릅니다.

정작 나무는 불에 타들어 가진 않습니다.

불을 지켜보는 사람들 마음에 불이 옮겨붙어
사람들 마음만 타들어 갑니다.

다행히 사람들 입에선
화상 입은 고통의 호소보다는
감탄의 환호성만 들려옵니다.

단풍 불은 빨리 진화할 필요가 없습니다.
사람들은 오래오래 단풍 불이 꺼지지 않길 바랍니다.

그렇게 또 한번 가을이 깊어갑니다.

삼청동 공원, 하남 위례강변길

93

삶의 결과 사람의 깊이

때론 삶의 익숙한 경로에서 벗어나
전혀 다른 결의 삶을 지향할 필요가 있습니다.

그러면 삶의 새로운 결 하나가 지나온 생生의 궤적 위에 얹힙니다.

시대를 달리하며 여러 겹의 성돌로 축성築城된 저 성벽처럼 말이죠.

시간이 지나고 세월이 흐르면
과거의 생의 궤적과 현재 삶의 새 결이 접점을 찾으며
서로를 이해하게 됩니다.

과거와 현재가 결속되며
미래의 삶을 지탱해 나갈 힘도 생성합니다.

흔히 "역사는 깊다"고 말합니다.
개인의 생生도 그만큼 깊습니다.

삶의 숱한 결들이 사람의 깊이를 더해 줍니다.

종로 혜화동 한양도성길

인생은 일엽편주

세상 풍파 견디고 거친 파도 넘으며
'돌격 앞으로' 외쳐온 인생살이!

나이가 드니 이젠 다 내려놓고
그저 순리대로 흘러가고 싶습니다.

캐나다 밴쿠버, 제주 수월봉

인생은 일엽편주!

잔잔한 물결이 온몸을 감싸는
은빛 바다 위에서

조용히 관조하며 흘러가렵니다.

다 같이 여름을 이겨내려면

무더위에 물가고까지 겹쳐
하루하루를 살아내기가 힘겨운 요즘입니다.

그럴수록 마음의 여유가 필요합니다.
"바쁠수록 돌아서 가라"는 옛말처럼 말이지요.

일터에 일부러라도
나무의자 하나씩 마련하고,

흐르는 땀 서로 닦아주며 마음도 쉬어가는
짬 한번 내봐야겠습니다.

그러려면 주변 사람들 처지도
이해하고 배려해주는

사람다운 마음씨가
저 나무 그늘처럼 널리 드리워져 있어야겠지요.

경기 안산 갈대습지공원

따듯한 담장이 필요하다

삭풍이 몰아치는 광야에
홀로 서 있고 싶은 사람은 없습니다.

허허벌판으로 내쫓기기보다는
서로 힘을 모아 담장을 짓고

담장 안에서 풍설風雪을 피하며
서로의 온기와 사랑의 눈빛을 나누는

함께 서기 공동체가
우리 주변 곳곳에 필요합니다.

국가는 어떻게 존재해야 하는가

모두의 한없는 아픔과 깊은 슬픔,
우리의 공적 분노가 서려 있는 곳

국가가 무엇이고 어떻게 존재해야 하는지
그 근본을 생각하게 하는 곳

지금의 무거운 발걸음과
슬픈 마음의 의미를 거듭 곱씹어야 할 곳

그럴수록 '나'부터 잘 다지고 여며서

튼튼한 '우리'를 만들어내고
끝까지 지탱해 나가야 함을 절실히 느끼게 하는 곳

그릇이 그릇 안을 결정한다

똑같은 물이지만
어디에 담기느냐에 따라
물은 색깔을 달리합니다.

담는 그릇에 따라 담기는 존재의 운명이 바뀌는
단순한 진리를 우리는
이 바닷가에서 또 한번 목격합니다.

우리는 대부분 담기는 존재에 불과하지만
때론 누군가를 담는 그릇의 역할도 피할 순 없습니다.

피할 수 없다면 그릇 역할 한번 제대로 해,

'나'라는 그릇에 담기는 모든 것들이
자기 색깔을 분명히 띠도록 북돋워 주는

제대로 된 그릇이 되고 싶습니다.

물의 성격 다양성

유장하게 흐르는 강물과 조용히 흐르는 시냇물은
상선약수上善若水의 메시지를 전하는 물의 철학자

썰물 빠진 이곳 백사장은
매일 물의 드나듦을 기록하는 물의 아카이브archive

아침 공복에 마시는 한 잔의 물은
신진대사를 촉진하고 소화능력을 개선하는 헬스 트레이너

적당히 마신 와인은
사람들의 거친 성정性情을 부드럽게 하는 마음 안마사

그러나 "같은 물도 소가 먹으면 우유가 되지만
뱀이 먹으면 독이 됨"을 절대 잊어선 안 되겠지요.

흐르는 물은 거리낌이 없다

어디는 얼룩말 모양,
어디는 뱀의 형상,
어디는 거북이 모양!

물은 돌과 흙을 만나며
자유자재로 다양한 무늬를 만듭니다.

세상에 대들지 않고
주변의 것들에 기꺼이 적응하기에

흐르는 물엔 도통 거리낌이 없습니다.
충돌의 균열 따윈 없습니다.

조용히 다가와 잠시 머물다가
미련 없이 흘러갈 뿐입니다.

그래서 물의 흐름은 자유롭고,
그 흘러간 흔적에도 자유자재의 무늬가 남습니다.

등대로 가는 길

가지 말라고 아무리 뜯어말려도
무작정 가고 싶은 길이 있습니다.

등대로 가는 길도 그런 길입니다.

등대로 가는 길 위에서
사람들은 자신의 일상을 점검해 봅니다.
잊고 살았던 어릴 적 꿈도 되새겨봅니다.

이윽고 등대에 이르면 앞바다를 응시하며 잠시 숨을 고릅니다.

그리고 뒤돌아서서 돌아갈 길을 넌지시 짚어봅니다.

크게 심호흡하고 일상의 지향점을 향해
다시 힘차게 발걸음을 내딛습니다.

잔잔한 일상의 귀갓길

나이가 들수록 뭔가를 기획해
더 많은 것을 이루어내는 화려한 나날보다는,

하루하루를 물 흐르듯 살아가며
차분한 일상을 살고 싶습니다.

하루 소임을 다하고 조용히 퇴장하는 저 석양처럼
잔잔하고 안온한 귀갓길을 만들고 싶습니다.

그 길 위에서
오늘 보낸 하루만큼 내일이라는 선물이 또 주어짐에
감사하며 두 손을 모아봅니다.

사람이 자연의 웅대함을 증명한다

광대한 바다를 양옆에 거느리고
끝없이 펼쳐진 모래길 위에선,

사람은 자연의 웅대함을 실감케 하는
아주 작은 눈금으로 작용합니다.

사람이 작아 보일수록
자연은 더 넓고 더 크고 더 깊어 보입니다.

그래도 사람들은 자연을 찾습니다.
경건한 마음으로 자연을 찾아오는 사람들이 있어

자연은 더욱 빛을 발하고
그 가치는 크게 존중받습니다.

석양의 탁족

지금 물때는 조석 간만의 차가 가장 작은 조금

바닷물이 가장 적게 빠지고 조류의 흐름도 아주 약해
바다는 호수처럼 잔잔합니다.

이에 화답하듯 석양도 퇴근길 서두르지 않고
다리를 쭉 뻗어 바닷물에 탁족濯足하며

퇴근길의 여유를 한껏 부려봅니다.

나그네도 일몰의 귀갓길을 재촉하지 않고
잔잔한 바다 앞에서 모처럼 평온을 맛봅니다.

105

거울에 비친 나

나이가 들수록 삶의 무게가 만만치 않습니다.
웃을 일은 드물고 얼굴은 굳어만 갑니다.

거울 속엔 늘 무표정한 중늙은이 하나 기웃거립니다.

하지만 마냥 행복해서 웃는 사람이 과연 몇이나 될까요?

시인 장석주는 말합니다.
"행복은 조건의 문제가 아니라 그 찰나를 향유하는 역량의 문제이다."

조바심 내지 않고 세상사를 하나둘 받아들이다 보면
거울 속에 안온한 얼굴 하나 등장하기 시작합니다.

미소를 머금은 그 얼굴이 조금씩 조금씩
거울 안을 따듯하게 물들일 것입니다.

퇴근길 동행

하루가 저물어갑니다.

오늘도 길 위에서 땀 많이 흘렸습니다.
이젠 쉼표의 시간으로 들어갑니다.

퇴근하는 해님 손 꼭 붙잡고
해님과 함께 쉼터로 향합니다.

내일 아침 해님 출근길에 동행하며
또 하루를 살아내렵니다.

내일도 해님은 하루 종일
저와 함께해주시겠죠.

썰물이 되자 배가 갇혔다

썰물이 되어 바닷물이 빠져나가기 시작하자
갯벌에 갇힌 배들이 옴짝달싹 못 합니다.

이제야 바닷물의 고마움을 눈치채지만
다음 밀물 때까진 그저 열중쉬어 자세로 기다려야 합니다.

사람들의 신세는 저 배만도 못합니다.
젊을 땐 기회의 밀물이 늘 밀려와 주변을 가득 채우지만

나이가 들수록 기회의 밀물은 차오르지 않고
퇴장의 쓸쓸한 썰물만 되풀이됩니다.

노후의 심리적 썰물에 갇히지 않으려면

이제라도 삶의 충만한 밀물을
열심히 끌어올릴 마음 근육을 키워 놔야지요.

밀물에 마음 실어

살다 보면 후회로 점철된 어제는 싹 지워버리고
오직 새 마음으로 내일의 길을 닦고 싶습니다.

하지만 후회로 점철되어온 지리멸렬한 인생 모드를
단번에 지워버리는 초기화와 리셋은 쉽지 않아

어제의 과오는 늘 마음 한구석에 쓰라림으로 남습니다.

그래도 한가지 바람이 있다면

저 밀려드는 바닷물의 힘을 빌려
그간의 인생길에 새겨진 어제의 눈물은 다 닦아내며

미소 띤 내일의 길을 다시 내고 싶은 마음뿐입니다.

초라한 거처, 큰 울림

사랑과 자연이라는 가장 큰 그림 소재를
담뱃갑 은박지라는 가장 작은 종이에 그렸던 사람

세속적으론 가난했지만
큰마음으로 자연과 가족을 사랑했던
탈속脫俗의 마음을 가졌던 사람

가장 작고 초라한 거처에서
가장 큰 사랑의 울림을 전했던 화가

그림의 울림이 너무 크기에

거처의 비좁음과 초라함이
더욱 큰 슬픔으로 밀려옵니다.

정숙의 앞뜰, 사유의 뒤뜰

집 문을 들어서면
뭔가 꽉 차 있는 느낌의
앞마당이 버티고 있습니다.

허튼 발걸음을 용납하지 않고
정숙을 유도하는 엄숙한 분위기가 확 밀려옵니다.

잠시 숨 고르고 뒤뜰로 건너가면
그곳엔 돌확과 정갈히 놓인 디딤돌, 나무와 담쟁이넝쿨에 무한히 안기며,

집주인의 생애와 집에 대한 철학을 느낄 수 있는
사유思惟의 공간이 있습니다.

고택古宅은 앞뜰과 뒤뜰에서
각각의 고유한 느낌과 분위기를 익히며
장소성을 공부해 볼 수 있는 값진 곳입니다.

지금은 집중해야 할 때

정년을 앞두고 마무리할 일이 좀 있어
몇 가지 일을 동시에 진행 중입니다.

벌여놓은 일이 적지 않으니
마음만 부산한 채 생각만큼 일에 큰 진척은 없습니다.

일상의 넓이보다는 생각의 깊이가 필요한 시점입니다.

시야를 좁혀 주위의 방해물들을 멀리한 뒤
마무리할 일에 집중해야겠습니다.

벌여놓은 일들의 경중을 잘 따져,
다시 일상의 중심을 잡아보렵니다.

지금은 서 있어야 한다

해양오염 폐해의 심각성을 전하기 위해
마임 배우가 혼신의 힘을 다해 연기 중입니다.

배우가 저렇게 몸을 던져 열연하는데
관객들이 편하게 앉아 구경만 할 순 없지요.

관객들도 오래 서서 공연을 지켜보며 배우와 하나가 됩니다.

배우의 열연에 옷깃을 여미며 공연 메시지를 놓치지 않으려 몰입합니다.

흔히 "서 있으면 앉고 싶고, 앉으면 눕고 싶다"고 하지만,
지금은 굳이 앉을 이유가 없습니다.

서서 보니 공연에 집중하게 되고,
집중하니 공연의 메시지가 더 잘 전달됩니다.

낙엽 부대의 낙하

언제나 이맘때가 되면
낙엽 부대가 대대적으로 낙하해
숲길을 봉쇄합니다.

웬일인지 숲길은 저항하지 않습니다.
오히려 낙엽의 세상 점령을 흔쾌히 받아들입니다.

사람들도 멀리서 잰걸음으로 달려와
낙엽 덮인 숲길에 스스로 갇힙니다.

사람들은 숲길에 오래 머물며
낙엽 밟는 발자국이 내는 가을 소리를 음미하면서

늦가을의 한가운데를 관통하는 기쁨을 누립니다.
늦가을이 전하는 소멸의 미학도 가슴 깊이 새기려 합니다.

그만큼 가을이 깊어갑니다.

썰물과 밀물에 담겨야 할 것들

묵은해가 가고 새해가 다가옵니다.

올 한 해는 코로나 역병으로 다들 마음고생 컸습니다.
집 밖으로의 발걸음도 조심스러웠습니다.

세밑을 맞아 조용한 송년의 밤을 마음으로 보내야겠군요.

송구영신送舊迎新!

올 한 해의 고통, 불만, 힘겨움은
썰물 따라 다 쓸려나가고

새해엔 저 밀물을 타고
건강, 웃음, 자유라는 새 친구들이 몰려와

한 해 내내 우리와 함께 지내면 참 좋겠습니다.

포르투갈 로카곶

115

세밑의 길목

한 해를 보내고
다시 세밑의 길목에 서 있습니다.

올 한 해도 저 멀리서
뚜벅이 걸음으로
여기까지 다가왔습니다.

무탈하게 여기까지 올 수 있었음에
그저 감사할 뿐입니다.

이제 한 매듭 짓고
다시 힘차게 길을 떠나

저 멀리까지 또 가보렵니다.

2. 자연에서 배운다

자연이 사람에게 주는 생태적 지혜는

무궁무진합니다.

그것을 얻기 위해 우리는 조금 더 낮은 데로 임해

자연의 스스로 그러함(self-so)을 들여다보기만 하면 됩니다.

우리가 자연의 이치를 닮아가려고 노력하다 보면

조금은 더 사람다운 사람이 되어 있겠죠.

산 공화국

산이 산을 품고
산이 산을 낳고

산들이 저 스스로를 다스리는

이곳은 산 공화국!

자유롭되 질서를 잊지 않고
평등하되 개성을 잃지 않고

널리 사랑하되 속마음도 깊은
산들의 어깨동무가 자연스러운 곳

이곳은 산 공화국!

꽃과 나비

꽃은 나비의 밥집입니다.
나비는 꽃 감옥에 기꺼이 갇힌 자발적 포로이지요.

꽃과 나비는 서로를 구속합니다.
하지만 서로에게 이로운 공생의 관계이기도 하지요.

꽃과 나비는 서로의 존재 환경이 되며
각자 초여름의 멋진 존재자로 거듭납니다.

레이디벅스가 사는 법

모두가 편한 길, 안전한 길만 가려 하는데,

거친 세상 풍랑 속에선 젊은 남정네들도
모험을 위험으로 간주하며 한껏 몸을 사리는데,

왜 이 처자는 스스로 백척간두에 서려고 하는지요?

한 발짝만 더 내디디면 한길 낭떠러지인데도

왜 이 처자는 자꾸만 자꾸만 전진할까요?

벼랑 끝에 서 보아야만
비로소 나는 법을 알 수 있기 때문이겠죠.

소통의 정석

꽃이 고개를 숙이니
나비도 물구나무서기 자세로 밥을 먹는군요.

하!
나비 요놈이야말로 소통의 정석을 잘 보여줍니다.

남들만 내게 맞출 것을 강요할 게 아니라
나도 남에게 맞춰야 함을!

나를 상대에게 맞추는 것이
소통의 출발점임을

나비 한 마리가
넌지시 보여줍니다.

꽃과 잎의 관계

미국 유진시 델타 폰즈(Delta Ponds), 남양주 빨내 언덕공원

머리에 잎을 이고 있을 때,
꽃은 시원한 그늘을 만납니다.

머리에 잎을 이고 있을 때,
꽃은 친구를 만나 덜 외롭습니다.

머리에 잎을 이고 있을 때,
꽃은 든든한 조연 덕에
화려한 주연으로 데뷔할 수 있습니다.

잎은 꽃의 존재 환경입니다.
꽃은 잎을 만나 존재 상승합니다.

동백에 대한 명상

동백꽃은 일기예보관입니다.

나뭇가지에 단단히 매달린 꽃들은 봄의 전성기를 노래하고
조금 시들해진 꽃들은 다가올 계절의 변화를 예보합니다.

동백꽃은 시인입니다.

터질 듯 붉은 꽃잎으론 진한 사랑과 열정의 삶을 노래하고
두껍고 질긴 초록 잎으론 생명의 강인함과 건강함을 찬양합니다.

동백꽃은 철학 텍스트이기도 합니다.

그 낙화의 처연함은
우리 생生의 마지막이 어떤 모습이어야 할지를
곰곰이 생각하며 마음의 소리에 귀 기울이게 만듭니다.

이 꽃들을 보라

꽃들이 세상을 떠나기 전,
이승에서의 마지막 정을 나눕니다.
생을 마감하는 순간까지도
사랑하는 이와의 끈을 놓지 않으려는 듯
애틋한 마음을 다합니다.

이 꽃은 자기 새끼가 세상에 터 잡을 때까지 버팀목이 되어주려는지
자기 몸이 으스러지는 아픔도 아랑곳하지 않습니다.

시절 인연을 같이한 이들과는 생의 마지막까지 함께하고,
후세를 위해선 기꺼이 생의 터전을 만들어 주고 떠나는,

그런 세상살이의 당연한 이치와 최소한의 삶의 도리를
꽃에게서 배워본 하루였습니다.

127

땅과 한 몸이 된 난쟁이 꽃

평소 수줍음을 많이 타서
잎 아래 살짝 숨은 듯,

햇볕 따가운 여름철에 대비해 일찌감치
큰 양산 하나 마련한 듯,

후일 세상사를 도모하기 위해
일단 낮은 데로 임해 몸을 숨기려는 듯,

여러 연유로
땅과 한 몸이 되어 피는 난쟁이 꽃,

족도리풀꽃!

128

개나리, 진달래와 인사人事의 원칙

올봄엔 꽃구경 한번 실컷 했습니다.
도로변에 만개한 개나리는 언제나 그렇듯 화사했지만,
산길에 수줍은 듯 숨어 핀 진달래도 정말 어여뻤습니다.

개나리와 진달래 옆을 스치며 떠오른 생각 하나.
"인사가 만사"라 하는데, 우리는 나랏일 할 높은 자리에
화려한 개나리를 등용할 것인지, 아니면 수줍은 진달래를 발탁할 것인지요?

높은 직책에 요구되는 많은 스펙을 갖추고 화려한 자태로써
높은 분의 하명을 기다리는 엘리트 개나리도 좋지만,
남이 안 보는 곳에서도 한 점 부끄럼 없이 정직과 겸손으로
자신을 담금질해온 진달래 처사도 나랏일에 발탁되면 좋겠습니다.

화려한 개나리 성향의 자칭 엘리트들이 만사를 적잖게 그르치는 것을
볼 때마다, 오랜 산중수련으로 겸양을 익힌 진달래 처사의 등용도
괜찮겠단 생각이 듭니다.
그들의 오랜 산속 수련이 조용한 처신을 낳아 자리를 헛되이 오염시키거나
만사를 그르치게 할 확률을 확 낮출 수 있을 테니까요.

세상에 나감을 거부하고 자발적 가난의 길을 택한 진달래 근본주의자들은
그냥 산림에 머물게 하는 것도 좋습니다.
그들은 그곳에 처해 있는 것만으로도 사람들 출처出處의 귀감이 되고
들고남의 옳은 기준이 될 것입니다.

작지만 강하리라

바깥세상 보려고 오랫동안 키를 키워 왔습니다.
틈 뚫고 나오려고 다이어트도 피하지 않았습니다.

힘겹게 세상에 나왔지만
막상 저 자신이
왜소한 존재임을 부정할 순 없습니다.

그러나 이 순간에 이르기까지
저의 마음은 간절했습니다.
저의 행동은 신실했습니다.

열심히 키를 키웠고 한 뼘이라도 더 발돋움하려고
마음 근육도 키웠습니다.

세상이 아무리 저를 하찮게 여겨도

혼자 힘으로 당당하게 세상과 조우하려 했던
저의 초심은 절대 잊지 않겠습니다.

숨어 피는 꽃에 대한 변론

인정 욕망에 사로잡혀 한 번이라도 더 자신을 드러내려고
안간힘을 쓰는 천박한 자기 PR 시대입니다.

그런데 이놈들은 뭐가 모자라 이리도 꼭꼭 숨어 있는지요?
얼마나 수줍음이 많기에 저렇게 자신을 감추기만 하는지요?

아닙니다. 아닙니다.

숨어 있는 것이 아니라
지금의 설익음이 제대로 무르익는 그날까지

낮은 데로 임하며
오늘을 담금질하는 작은 구도자의 모습입니다.

우리는 누구의 버팀목인가

삶의 소용돌이 속에서 힘겨울 때,
누군가 손을 잡아주면 힘이 불끈 솟습니다.

온종일 무거운 짐에 시달릴 때,
누군가 내 등의 짐을 조금이라도 덜어주면 참 고맙습니다.

깊은 시름에 빠져 주저앉으려고 할 때
누군가 잠시라도 나의 말동무가 되어주면,

나는 어느새 시름을 딛고 다시 일어설 수 있습니다.

당신과 나는 누군가의 버팀목이 되어준 적이 있는지요?

나무의 포용력

나무의 팔은 길고도 길어
넓은 대지에 시원한 그늘을 듬뿍 선사합니다.

나무의 품은 넓고도 넓어
그늘 안으로 지친 사람들을 다 끌어모읍니다.

나무의 마음씨는 따스하고 포근해
사람들의 얼어붙은 마음 다 녹여줍니다.

나무의 콧노래는 달콤하고 은은해
사람들의 거친 영혼 다 어루만져 줍니다.

포용의 마음이 포용의 몸짓을 낳음을
나무에게서 배워본 어느 날 오후였습니다.

개화는 꽃의 경건한 의식

세상과의 첫 만남을 앞둔 이놈,
아주 조심스럽게 눈을 뜹니다.

천천히 고개를 듭니다.
세심하게 마음을 엽니다.

그래서인지 이놈의 세상과의 첫 대면은
한편의 경건한 의식儀式 같습니다.

반면 사람들은 초면부터 상대를 얕잡아 보고
반말을 내뱉기도 합니다.

자신의 짧은 잣대로
세상을 함부로 재단해 버립니다.

경건한 마음으로 세상살이를 시작하는
어린 연꽃의 초심에서

문득 세상을 살아가는 덕목 하나를 배울 수 있습니다.

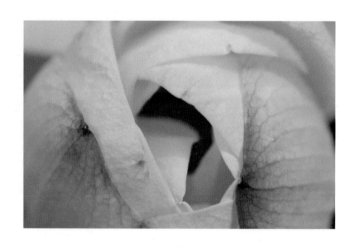

134

처음처럼

송이가 크고 화려한 색채의 꽃도
처음엔 다
작고 허약한 생김새로 출발합니다.

젖먹이 시절 없이
한순간에 힘센 어른이 될 수 없습니다.

신선한 시작 없이
멋진 결말은 없습니다.

모든 것은 출생의 순간을 기억해야 합니다.

세상에 나온 첫 순간의 존재감을 간직하며
'처음처럼' 끝까지 가야 합니다.

한 줌 흙의 소중함

풀들은 한 줌 흙만 있어도 뿌리 내리고 잘 살지요.
사람들만이 자신을 둘러싼 환경을 탓하며 공연히 마음 분주합니다.

새삼 내 집, 내 직장, 내가 사는 동네가 소중해지는군요.

나는 그곳들에 얼마나 진심으로 뿌리내리고 있는지
조용히 자성해 봅니다.

136

한 줄기 빛의 힘

한줄기 햇빛이 땅으로 찾아옵니다.
그 햇빛이 작은 생명을 키웁니다.

새싹에서 출발한 아기 나무는
아직은 난쟁이 나무이지만

햇빛을 벗 삼아 곧 청년 나무로 자라나
넓은 나무 그늘을 선사할 것입니다.

사람 사는 세상에도
빛의 사각지대는 다 사라지고

정책 햇살이 세상 곳곳에 골고루 퍼져

허기지고 병든 사람 모두가 아픔을 이겨내고
내일의 희망을 힘차게 노래할 수 있는 그날이
어서 오면 좋겠습니다.

산은 선생님 같다

산의 품새가 넓고 깊어
수많은 계곡을 품고 있는 곳이 지리산입니다.

품이 넉넉해 새끼 산자락들도 많이 거느리고

큰 강 하나도 옆구리에 차고 보듬습니다.
산 위를 흘러가는 구름조차 다 품습니다.

지리산은 산을 찾는 사람들에게
넉넉함의 미덕을
몸으로 보여주는 선생님 같은 산입니다.

사람의 마음도 산을 닮으면
넓이와 깊이를 다 가질 수 있음을
넌지시 가르쳐주는 선생님입니다.

세상 활주로에 착륙하기

세상살이가 참 험악합니다.
천정부지의 고물가에 취업의 문턱도 높습니다.

세상에의 진입장벽은 높기만 합니다.
결혼, 육아 모두 자신 없습니다.

그래도 오직 하나 믿는 것은
내 소중한 꿈과 그것을 이루고자 하는 굳은 의지

세상의 파고가 아무리 높아도,
세찬 풍파가 아무리 휘몰아쳐도
마음속 소중한 꿈이 조금씩 조금씩 현실이 되도록

거친 세상의 활주로에
정확히 내려앉는 착륙 기술을
매일매일 닦아 나가렵니다.
아자아자 파이팅!

구름 가족의 오후

구름이 구름을 잉태했는지요?

큰 구름 속에 작은 구름 하나 웅크리고 있군요.
마치 초음파를 통해 보는 엄마 뱃속의 태아 같습니다.

엄마 구름의 뱃속에서 하루하루 커가는
새끼 구름의 앙칼진 몸짓도 예쁘지만

새끼 구름을 잉태한 엄마 구름의
넉넉한 마음 자락이 무척 푸근하게 느껴집니다.

엄마 구름 옆에서 엄마 뱃속의 동생 모습을
신기한 눈으로 바라보는 형아 구름도 있군요.

다정한 구름 가족을 흐뭇한 눈으로 지켜본 어느 날 오후였습니다.

연잎 대가족

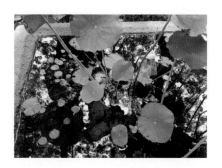

여기 연잎 대가족이 살고 있습니다.

눈부시게 장성해
결혼을 막 앞둔 청년 아들도 보이고

늦둥이 아기의 보송보송한
앳된 얼굴도 살짝 눈에 띕니다.

물론 한 식구 먹고사는 최일선에서
오늘도 열심히 뛰는 부부 연잎의
어깨동무도 빠질 순 없겠지요.

이제 몸은 쇠하고 조금씩 망가져 가지만
부지런했던 일생으로 지혜의 한 경지를 이룬
할머니 연잎도 자리를 같이했습니다.

141

진달래의 친구 사귐

개나리처럼 동네 어귀의 울타리 목으론
쉽게 만날 수 없는 꽃

산에 올라가야 비로소
얼굴을 내미는 수줍은 꽃

그러나 산을 찾는 사람들에겐
길섶까지 마중 나와 크게 반기는 꽃

교우交友의 넓이보단
그 깊이를 소중히 여기는 꽃

개나리의 미션

젊어선 개나리를 참 좋아했습니다.
누구에게나 젊은 날엔 심리적 혹한酷寒이 있기 마련이지요.
젊은 날엔 마음이 늘 추워서였는지
화려한 봄의 전령인 개나리를 더욱 반겼습니다.

중년이 되니 개나리의 화려함보다는
진달래의 삶의 방식이 더 좋아졌습니다.
산속 진달래의 신실하고도 조용한 처신에 마음이 끌렸습니다.

이제 노년의 초입에 드니 다시 개나리에 끌리기 시작합니다.
그 외양적 화려함을 다시 동경해서라기보다는,

사람들 삶의 무게를 잠시라도 덜어주려는 듯
화사한 색깔로 길을 한층 밝게 해주는 개나리의 사명감을 존중합니다.

처해야 할 곳에 분명히 처하며,
그곳을 밝게 연출해 내는 개나리의 미션을 배워봅니다.

작약 모녀의 화려한 외출

꽃단장을 마친 작약이 화려한 외출을 준비합니다.

잠시라도 엄마와 헤어지기 싫은 아기 작약이
어느새 엄마 등에 찰싹 달라붙습니다.

엄마 작약은 싫은 내색 하나 없이
아기 작약을 목마 태우고
신나게 마실길 나섭니다.

모녀의 콧노래 소리가 은은히 퍼지며
길을 환히 밝힙니다.

온후한 늦은 봄 날씨가
작약 모녀의 화려한 외출을 응원합니다.

꽃말의 진실

화려하게 피어나 잠시나마 봄꽃 최고의 존재감을
뽐내다가 바로 시드는 꽃

사랑을 알리고 확인하기엔 일생이 너무나 짧아
마냥 애절함을 자아내는 슬픈 꽃

그래서 백목련의 꽃말은 '이루어지지 못한 사랑'
짧고 굵게 살다가는 처연함의 상징 꽃

백목련보다는 덜 화려하지만
색色의 무게감과 고고함을 은은히 자아내는 꽃

그 무게감과 고고함에 의지해
경외의 마음으로 조심스럽게 다가가고픈 꽃

그래서 자목련의 꽃말은 '숭고한 사랑, 고귀함의 상징'
은은한 고고함으로 사람을 잡아끄는 매력덩어리 꽃

수수함이 진짜 아름다움

📷 거제 여차해변, 양수리, 팔당 물안개공원

온갖 색상으로 가득 찬 화려한 빛깔의 도시가
한순간 우리를 압도할 수 있지만,

엇비슷한 서너 가지 색의 조합만으로도,
자연은 우리를 오래도록 유혹합니다.

강물에 비친 자연의 잔잔한 그림자는
더욱 오래도록 우리 마음속의 자연으로 남습니다.

장소가 사람을 키운다

산을 내려가면 호수 하나가 보입니다.

저 호숫가에 앉아 아내와 나눈 숱한 얘기 속에서
자식들이 자라났습니다.

호숫가를 걸으며 흘려보낸 마음속 다짐의 시간들이
지금까지 저를 오롯이 지탱해 주었습니다.

때로는 장소가 사람을 키웁니다.
장소가 사람을 보듬어 줍니다.

사람은 그 장소에 기대어 자신의 내면을 조율하려 애씁니다.

산을 내려가면 저 호수가 보입니다!

꽃보다 잎

봄철 내내 화려함을 뽐내던 꽃들이
5월이 되니 세상 떠날 채비를 서두릅니다.

그 대신 새로운 강자가 자연 세계에 출현합니다.

나무들마다 풍성하게 매달린 나뭇잎이
어느덧 신록의 계절에 진입하고 있음을 알려줍니다.

이제 나뭇잎 나라의 시원한 그늘 속에서
한여름 무더위를 이겨내겠습니다.

나뭇잎 나라의 화사한 단풍 속에서
한 해 결실도 알차게 매듭지으렵니다.

5월의 혁명아, 신록

신록의 계절, 5월이 성큼 다가왔습니다.

초록이 자연 색상계의 절대 강자로 등장합니다.

절대 강자답게 초록의 위세는 정말 대단해
자연계의 모든 색상을 압도합니다.

그래서 5월의 초록은 색상 깡패입니다.

하지만 산을 찾은 사람들은
초록의 위세를 자발적으로 수용합니다.

산들바람이 만들어낸 초록의 물결 행진에
스스로 몸을 맡기며 살아갈 힘을 충전합니다.

길 가던 나그네도
세상의 모든 것을 일거에 자신의 색으로 바꿔 버리는
5월 신록의 혁명 정신을 조용히 배워봅니다.

그린 버섯빌딩

한여름 무더위에 아랑곳하지 않고
버섯들은 집짓기에 여념이 없습니다.

한눈팔지 않고, 게으름 안 피우고

부지런히 철근 심고
바지런히 콘크리트 치며
한 층 한 층 쌓아 올리니

어느새 멋진 버섯빌딩 하나 뚝딱 완성됩니다.

건물 위로는 시원한 나무 그늘 드리워지고
활짝 열어젖힌 창문으론 산바람 밀려드니,

도시의 에어컨 따윈 필요 없는
천혜의 그린 빌딩입니다.

키다리 나무의 진가

나무는 바로 밑에서 올려다봐야 그 진가가 느껴집니다.

땅에 단단히 뿌리 박고
긴 기둥으로 땅속 물을 길어 올리며

하늘 가까이에 제 얼굴을 얹어 올릴 때
나무는 나무답게 자란 것입니다.

이곳 금강송 소나무 숲에선
잘 자란 성목成木들이 군락을 이룹니다.

수목의 바다를 이룹니다.

151

연잎이 들려주는 이야기

연잎을 코앞에서 세심히 들여다보면

잎의 선들은 승전의 기쁨에 취해
보무도 당당히 중앙의 개선문을 향해
걸어들어오는 자랑스런 용사들 모습입니다.

이때 연잎의 시계는 개선凱旋과 회귀의 시간입니다.

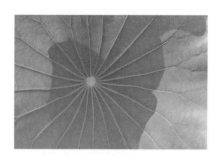

두세 발짝 떨어져 연잎을 보면

잎의 선들은
하늘을 찌를 듯한 높은 사기士氣로
막 출병한 용맹한 전사들 모습입니다.

이때 연잎의 시간은 출정과 팽창의 시간입니다.

152

단풍잎과 사랑에 빠지다

이렇게 고운 단풍잎 색깔은 처음 봅니다.

저렇게 부드러운 단풍잎 살갗도 처음 느껴봅니다.

요렇게 농익은 단풍 냄새도 물론 처음 맛보지요.

단풍잎 서너 장이 저의 무딘 오감五感을 마구 깨웁니다.

그래서 가을 단풍잎과 진한 사랑에 빠지고 말았습니다.

가을하늘은 one-source multi-use

가을하늘은 대형 거울입니다.

더없이 맑고 깨끗해
지금의 내 모습을 비추어보기에 좋은 성찰의 거울입니다.

가을하늘은 죽비 소리입니다.

너무나 청정하고 투명하기에
티끌 낀 속마음 다 버리라고 여지없이 일깨워주는 채찍입니다.

가을하늘은 도약대입니다.

거리낄 것 하나 없이 넓게 펼쳐져 있기에
더 높은 곳을 향해 힘껏 점프하게 만듭니다.

계절의 물감에 젖은 가을 산

가을 산이 마냥 젖어갑니다.
계절의 물감을 흠뻑 머금습니다.

가을 산은 무겁습니다.
가을 산의 익어감이 무게감을 더합니다.

계절의 물감을 머금은 가을 산에 들어서니,

세상사와 씨름하느라 경직된 몸은 조금씩 풀리고
세상 풍파 헤치느라 바빴던 마음도 곧 차분해집니다.

떨어지는 낙엽을 말동무 삼으며
가을 산속으로 한 걸음 더 들어가 봅니다.

나무의 일생은 한 권의 텍스트

봄엔 스포츠머리의 강건함을 뽐내고
여름 내내 장발의 풍성함을 고집하다가

가을엔 컬러풀하게 머리 물들이더니
겨울 초입의 문턱에선 삭발 모드로 들어가며

춥고 배고픈 동면의 긴 시간을 이겨낼
에너지를 비축하는 나무에게서

순리의 이치와 적응의 지혜를 배워봅니다.

나무는 이제 곧 모든 것 덜어내고 다 비우겠지요.

세상이 준 생명을 소중히 받들며 치열하게 살다가
세상 허물 다 벗어던지듯 자신을 비운 뒤

홀연히 침묵의 세계로 들어가는 나무의 생 앞에서
조금은 숙연해진 나를 발견합니다.

156

억새는 나이 들 줄 안다

어느덧 한 해가 종착역을 향해 달려갑니다.
나이 한 살 더 먹을 날도 얼마 안 남았습니다.

나이에 걸맞은 품격을 갖춘 사람이 드문 참 슬픈 세상입니다.
허리는 굽고 키는 줄고 피부는 탄력을 잃고,
마음은 의기소침, 입에선 라떼식 잔소리만-----!

여기 억새는 가을이라는 생生의 완숙기에 걸맞게
흰칠한 키에 그윽한 그레이 톤 머리칼이 썩 잘 어울립니다.

바람 부는 대로 리드미컬하게 흔들리며 몸의 탄력을 잃지 않습니다.
부드러운 마음을 담은 묵언으로 세상에 화답합니다.

억새는 늙음이 외로움이 되지 않도록
친구들과 군무를 즐기며 함께 서기도 잊지 않습니다.

잎이 다 져도 나무는 나무

지금은 한겨울

대지의 나목裸木들이 조용히 숨을 고릅니다.

잎이 다 떠나갔다고 해서
나무가 나무 아닌 것은 아닙니다.

나무는 잎들에 가려졌던
든든한 기둥과 힘찬 줄기로 자신을 증명합니다.

잎이 나무의 꾸밈이라면
기둥과 줄기는 나무의 본질입니다.

잎을 상실한 잠시의 허전함을 이겨내며,
나무는 한층 성숙해진 몸짓으로
다시 태어납니다.

얼음 속의 봄

해님이 긴 겨울잠에서 깨어나
잠시 기지개를 켜니,
호수 위 얼음이 녹기 시작합니다.

덕분에 인근의 아파트들은
물속에서 반쯤 생명을 얻고

살얼음 위로
새 한 마리 유유자적합니다.

아직은 겨울이지만
두꺼운 얼음 성벽城壁을 뚫고

저기 멀리서 봄기운 한 자락 달려옵니다.

겨울바다와 갈매기

찬바람이 매섭게 요동치는 겨울 바다

먼바다를 응시하던 갈매기가

바위를 박차고 찬바람 가르며
겨울 바다 위로 힘차게 날아오릅니다.

일순간 고요의 질서는 깨졌지만

갈매기의 힘찬 날갯짓이
겨울 바다에 역동성과 생동감을 선사합니다.

갈매기의 활공을 쫓는 제 마음도
겨울 찬바람의 두려움에서 조금은 벗어납니다.

새 떼는 창작 집단

📷 미국 유진시의 서부 습지대(west wetland)

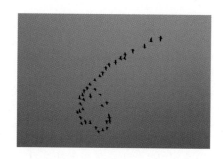

새들은 집단 창작자입니다.
서로 같이 날며 아라비아숫자 6도
그려내지요.

그렇지만 집단비행 중의 새 중엔 어느 한 마리도
다른 새와 똑같은 자세와 동작을 취하진 않습니다.
모두가 다른 모습으로 하늘을 날지요.

그러나 그들이 같은 곳을 향해 하나로 모일 때
공동의 집단 창작물을 멋지게 표현해내는 것입니다.

우리네 삶도 마찬가지지요. 자기 뜻과 개성대로 살아가지만
공동의 문제해결을 위해 목소리를 같이 내고 해법을 공유해야 할 때
자신을 공동체 속의 대의大義에 기꺼이 참여시킨다면,

우리도 집단창작의 훌륭한 결과물을 만들어낼 수 있지요.
그 덕에 각자의 자유비행도 얼마든지 가능해지지요.

거미줄에 대한 명상

먹이 포획의 목적이야 뻔하지만
거미의 집 짓는 기술 하나는 정말 신기神技에 가깝습니다.

우리가 진정 사람다우려면

망網을 튼실하게 짓는 거미의 저 탁월한 건축공법을 배우고 익혀
사회안전망이나 복지망을 촘촘히 짜는 데 적극 응용해야 하지 않을까요?

겉만 번지르르한 구색 맞추기 복지가 아니라 실제로 든든한 사회안전망을,
이기적 인맥 관리가 아니라 지역발전을 위한 휴먼네트워크 형성의 길을

저 거미줄에서 찾아내는 것이
좀 더 사람다워지는 지름길이 아닐까 생각해봅니다.

달팽이 속도로 삶을 천착하리라

참 느립니다.
그가 가는 길을 지켜보다가 하품이 날 정도입니다.

그러나 조금씩 일정한 속도로 나아가는 것만은 분명합니다.
그가 온몸으로 지나간 자리엔 긴 물 자국이 나 있습니다.

더디지만 그는 자기 갈 길을 다 가고 있습니다.

성질 급한 처신으로 인해
가끔 많은 것을 한꺼번에 다 잃는 저에게

민달팽이는 "안단테, 안단테" 하며 넌지시 외칩니다.

163

식물 이전에 생물

땅에 뿌리를 내리고 있어
이동의 자유는 없지만

그렇다고 한 곳에만 머물긴 싫습니다.
울타리 안에 갇히는 것은 더더욱 싫습니다.

길옆의 세상 친구들을 향해
한 발짝이라도 더 다가가고 싶습니다.

이까짓 철망쯤은 대수롭지 않습니다.

조금씩 뚫고 나아가며
자유를 맛보렵니다.

나는 식물 이전에 엄연한 생물입니다.

경기 양주 도마리

나무에겐 방해꾼이 없다

나무가 가지를 뻗는 곳엔 방해꾼이 없습니다.
아니 방해꾼이 있을 수 없습니다.

자기 길만 고집하며
주변과 갈등을 빚거나 충돌을 일삼지 않고,

햇빛을 찾아 몸을 부단히 변형시키며
나아가는 나무의 생리 때문입니다.

힘겹지만 구부리고 휘어지며
나무는 위로, 옆으로 나아갑니다.

그렇기에 어떤 장벽이나 방해꾼도 만나지 않고,

결국 자기 갈 길을 자유롭게
다 가는 존재가 나무입니다.

가는 자 오는 자

주어진 생을 다 누리고
이제 먼 길 떠나는 자가 있는가 하면

한 생 멋지게 이루어보려고
두 발 치켜드는 신생新生의 것들도 있습니다.

세대교체의 자연스러운 물결 속에서
어제의 나와 오늘의 나를 견주어 봅니다.

또 내일의 나를 준비합니다.

가는 길은 달라도 우린 하나

그동안 한배를 타고 여기까지 왔습니다.
이제 서로의 길을 가렵니다.

각자 가고 싶은 곳을 향해 끝까지 가며
홀로서기의 자유를 누려보렵니다.

그래도 둥지를 같이했던 형제의 기억만은
절대 잊지 않겠습니다.

한집에 살며 들었던 미운 정 고운 정도
고이 간직하겠습니다.

각자의 길 미련 없이 가되,

어느 하나가 힘겨울 땐
다른 하나가 불현듯 나타나
시린 옆구리를 든든히 지켜주며

격려와 응원의 말로써

어깨동무 정신을 발휘하겠습니다.

호수의 포용력

호수는 자신을 찾아온 모든 것을
다 끌어안습니다.

호수는 호불호가 없습니다.

그 넉넉한 반김의 흔적이
수면에 고스란히 남습니다.

호수는 평등주의자입니다.

모든 것을 다 반기며 담아내는
그 넓은 수면 위에서

세상 모든 것은
너나없이 자신의 존재감을 마음껏 드러냅니다.

해님은 평등주의자

수줍은 듯 살짝 얼굴을 내밀지만
언제 어디서나 존재하며
자신을 필요로 하는 모든 곳에
빛과 볕을 골고루 나눠주는

최고의 평등주의자 해님

어느 한 대상만 편애하지 않고
어느 한 곳에만 빛과 볕 전부 모아 주지 않고,

해님은 세상 모든 곳을 고루 밝혀주고 따스하게 덥혀주며
뭇 생명의 존재 환경으로서 자기 본분을 다합니다.

해님은 공정한 나눔의 달인입니다.

짧고 굵게

100세나 주어진 긴 인생살이가 힘겹고 버거운지

자기 한 몸 제대로 간수 못 하고
늘 흐트러진 모습으로

오늘도 대충대충 살아가는 일부 사람들과 달리,

자신을 매만지고 다지며
늘 고운 옷매무새로

폼나게 한 세상 잘 살다가

짧고 굵게 생을 마감하는
꽃의 벅찬 일생을 반추해 봅니다.

화무십일홍?!!
짧지만, 참 아름다운 소멸입니다.

170

생애의 절정은 반드시 온다

비가 오나 눈이 오나 바람이 부나
나의 삶에 매진하고 몰입해

이만큼 몸 키우고, 색 다듬고, 향을 발하며
생애의 절정에 이르니

살아온 지난 세월에 후회 한 점 없습니다.
원 없이 삶에 충실했기에 여한이 없습니다.

이윽고 때가 되면 말없이 질 뿐입니다.

그 침묵의 퇴장은 참 멋진 소멸입니다.

이 그림자를 보라

김상사

이 양반, 참 부지런합니다.
맑은 날은 어김없이 우리 곁으로 놀러 옵니다.

이 양반, 참 과묵합니다.
소리 소문 없이 찾아와 묵음默音의 노크를 합니다.

이 양반, 찐真 수묵화가입니다.
눈에 띄는 모든 것을 흑백으로 그려냅니다.

때론 사물보다 그림자가 더 멋져 보입니다.
사물의 본질을 더 잘 드러내기도 합니다.

그림자는 뛰어난 통역사입니다.
직역보다 의역의 가치를 웅변합니다.

이 세상 동그라미는 다 모여라

큰 동그라미는 덕망과 포용의 상징인
넉넉한 할머니 얼굴

중간 동그라미는 똑 부러지고 당찬
젊은 엄마들 얼굴

작은 동그라미는 귀엽고 총기 넘치는
손녀딸 얼굴

동그라미 얼굴들이
연못을 지키며

각角지고 날카롭기만 한 이 세상에
부드러움과 원만의 가치를 전합니다.

거친 세상을 치유합니다.

천천히 익어가거라

아프리카 속담에
"빨리 가려면 혼자 가고, 멀리 가려면 함께 가라"는 말이 있죠.

여기 빨간 나뭇잎은 뭐가 그리 급해 벌써 단풍 모드인가요?

다른 잎들은 한창 청춘인데
뭐가 급해 이리도 혼자만 서둘러 늙어가나요?

함께 가야 늦가을까지 멀리 갈 수 있습니다.
그래야 아름다운 소멸의 시간을 친구들과 같이 맛볼 수 있습니다.

재촉하던 길을 이제라도 잠시 멈추고
옆의 푸른 잎 친구들과 눈 맞추며

천천히 익어가면 좋겠습니다.

자세히 보아야 예쁘다

스쳐가는 사람들 눈엔 화려하고 원색적인 것만 들어옵니다.
스쳐가는 사람들 귀엔 왁자한 자극적 소리만 들려옵니다.

그러니 자기 PR의 색채로 원색만이 대접받고,
PR의 수단으로 자극적 고성이 자주 채택됩니다.

하지만 허리 낮춰 낮은 데로 임해야 비로소 보이는 것도 많습니다.
눈을 감고 마음을 집중해야만 들리는 것도 적지 않습니다.

때론 그것이 훨씬 소중하고 가치 있기에
오랫동안 가까이하고 늘 챙겨야 할 것들이기도 합니다.

이제 허리를 낮출 것!
눈을 감고 마음을 모을 것!

저 풀꽃들처럼 새로운 존재 의미로 다가올
그 누군가를 위해 옆자리를 늘 비워둘 것!

자유 새

어떤 얽매임도 없이, 아무 거리낌 없이
어느 곳이나 원하는 대로

자신의 날갯짓만으로
공간을 만들고, 시간을 흐르는

자유 새의 비행!

3. 생활문화로의 초대

문화는 사람들에게 마음의 휴식과 정서적 안정을 주고,

바람직한 가치관과 생활양식의 공유에 창조적 힌트를 줄 때,

그 사회적 기능을 다하는 것입니다.

구매력 있는 사람에게만 허용된 고급문화는

자칫 문화접촉비용만 과다하게 지불하게 만드는 등

문제투성이 개념이 되기 쉽습니다.

누구나 쉽게 다가가 만들어낼 수 있고

그 향유에 큰 비용을 지불하지 않아도 되는 그런 문화,

즉 생활문화를 한번 정립해 볼 필요가 있습니다.

생활문화는 우리가 생각한 것보다 훨씬 가까운 곳에서

다양하게 존재합니다.

미술관의 진화

그림 몇 장과 조각 몇 품

여러 명이 책 보거나 글 작업하기에 넉넉한 길이의 책상
아무나 아무렇게나 편하게 앉을 수 있는 의자 두세 개

폐교를 재활용한 곳이어서 좀 허름하지만
정갈하고 감칠맛 나는 숲속 작업실

피아노의 선율에 기대어
어제를 돌이키고 오늘의 흔적을
그림에 담아

그 누구든 내일을 향해
당당히 걸어 나가게 해주는 치유의 공간!!

사람 곁으로 찾아온 공원

주일 내내 고생한 사람들이 어서 주말이 오길 손꼽아 기다리듯
아파트단지 옆 공원도 주말을 고대하긴 마찬가지입니다.

주말이 되면 평소보다 많은 친구가 반갑게 찾아오니까요.

잔디 위에선 어린이들, 강아지들이 세상 비좁은 듯 마구 뛰어놀지요.
늦은 오후엔 울긋불긋 간이텐트 친구도 등장하고요.

뉴욕 센트럴 파크를 설계한 미국 조경디자인의 아버지
프레더릭 로 옴스테드는 말합니다.
"공원은 자연으로의 가장 빠른 탈출이다."

잠시 사람과 공원의 관계에 대해 생각해봅니다.

사람의 곁으로 찾아온 공원,
사람들 곁을 지키는 공원의 가치에 대해

고마운 마음과 더불어 작은 경의를 표합니다.

우리는 모두 화가, 조각가

유명 화가나 전업 조각가만 작품을 전시할 권리를 갖는 건 아닙니다.
그리거나 뭔가 새기기를 좋아하는 사람은 모두
자신의 작품 세계를 남들 앞에 선보일 수 있습니다.

그리거나 조각한 이의 열정과 정성이 담긴 작품은 다 멋집니다.
그렇기에 대중 앞에 내보일 자유가 있습니다.

제목이 무제인 경우가 많은 유명(?) 화가의 추상화 앞에서
괜히 주눅들 필요도 없습니다.

그리거나 조각하고픈 마음만 있으면 우리 모두
문화의 최전선에 설 수 있습니다.

지금까지 문화소비를 강요받아온 우리가
문화 생비자生費者; prosumer로서의 기쁨을 한껏 누릴 수 있습니다.

동네 벤치에서 저녁 있는 삶을

때론 거래처를 위한 밤늦은 술 접대 자리에서
때론 밤 시간대를 이용해 이동 중인 해외 출장길에서
때론 야간강의가 진행되는 강의실에서

야밤까지 긴장을 풀지 못하고 마음도 쉬 내려놓지 못하고
주어진 일에 최선을 다하는
긴장된 얼굴들이 우리 주변엔 참 많지요.

그 얼굴에선 밥벌이의 비장함이 물씬 풍기고,
밥벌이에 대한 고단함 또한 켜켜이 쌓여 있지요.

이제 저녁이 되면 일과를 마무리한 뒤
은은한 전등 빛이 감싸는 동네 뒷동산 벤치에 편하게 앉아,

저 안온한 얼굴과 평안한 몸짓의 조각처럼
얼굴에서 모든 긴장감 다 지우고
자신의 직업적 존재감 잠시 내려놓고,

이 세상에서 가장 가벼운 마음과 몸으로, 가장 솔직한 얼굴로
진정 저녁 있는 삶을 누렸으면 합니다.

크로아티아 자그레브 시내 뒷동산

문화 샤워로 까칠한 마음을 씻어내다

하루 종일 노래와 춤 공연이 진행되니
하루 내내 그림 전시와 공예전시가 펼쳐지니
진종일 문화 샤워를 한 느낌입니다.

따뜻한 문화 샤워 물 덕분에 까칠한 마음엔 윤기가 흐르고
굳은 머리엔 창의적 생각이 조금 더 깃듭니다.

마음먹고 진지하게 접근하면 문화만큼 생활과 일상에 깃들기 쉽고
문화만큼 누구나 참여 가능한 평등의 영역도 없습니다.

도시마다 첨단과 창의, 혁신을 슬로건으로 내세우지만
그 실익의 대부분은 지역에 유치한 대기업에게 돌아가기 쉽습니다.
AI는 사람의 일자리도 뺏어갑니다.

문화는 기계가 만들어내는 것이 아닙니다.
사람만이 만들고 지키며 향유하는 것입니다.

문화를 강조하는 도시에선 시민이 행복의 배를 타고 유람할 수 있습니다.
시민이 접근 가능한 소프트한 일자리도 더 생깁니다.

동네 벽화에 새겨진 부모 마음

어머니가 자식에게 매를 듭니다.
매를 든 어머니 얼굴이
아들의 뒷모습만큼 슬퍼 보입니다.
자식들이 남의 손가락질 받지 않고
심지가 더 단단해지길 바라며,
당신 마음을 세차게 채찍질하십니다.

아버지들은 현실의 고달픔 따윈 아랑곳하지 않고
식구들이 발 뻗고 잠잘 수 있는 집을
구하시고 묵묵히 지켜냅니다.
삶의 무게가 아무리 묵직해도
얼굴에 미소 한 자락 분명히 곁들이십니다.

언제나 엄마, 아빠는
자식들에게 나무 그늘 같은 존재임을,
오늘도 동네 벽화가 넌지시 말해 주고 있습니다.

정부미와 일반미의 대결

📷 노원 중계동 거리

혈세인 세금은 국고 안에 들어가기만 하면 너무나 익명성을 잘 보장받아,
내가 낸 세금이 어디에 어떻게 얼마만큼 쓰이는지를 자세히 알 수 없습니다.
정보 불균형 속에 세금은 생활서비스로 되돌아오지 못하고
낭비되기 십상입니다.

일례로 가로수나 울타리 목을 심을 때, 관이 하청을 준 예산범위 내에서
업자들은 멋없는 싸구려 나무로 빈 공간만 채우려 합니다.
싼 나무로 공간만 채우니 간격을 유지하며 심는 기초식목 수준도 잘 안 지켜집니다.
그러니 다닥다닥 심은 나무는 생장조건이 안 좋아 금세 죽는 경우도 적지 않습니다.
시원찮은 것들은 뽑아내고
내년에 세금으로 또 심으면 된다고 안이하게 생각하기 쉽죠.

보다 못해 인근의 인테리어업체가 자발적으로 나서서
길거리 화단을 조성했습니다.

아기자기한 소품과 다양한 화분들로 길거리 화단을 정성스레 가꾸어놓으니,
지나가는 사람들 눈이 늘 즐겁습니다.

이런 데서까지 정부미와 일반미의 맛 차이가 나다니!

원색의 문화센터는 도시의 활력소

코로나 역병으로 사람들 마음이 무겁고
일상의 이것저것에도 제약이 많습니다.

그래도 우린 먹고살기 위해, 하나라도 더 배우기 위해
마스크를 쓰고 매일 길을 걷고 버스로 이동합니다.

그 길 위에서, 버스 창가에서
이런 원색의 산뜻한 문화센터들이 종종 눈에 들어오면,

사람들은 일상의 오가는 길에서
따뜻한 위안과 마음의 여유를 얻을 수 있습니다.

문화부 기자 박태성은 말합니다.
"문화는 뙤약볕 아래 나무 그늘이다."

일상의 곳곳에 생활문화센터가 더 많이 포진해,
사람들이 문화라는 나무 그늘 아래서 휴식을 취하며 마음의 여유를 얻고,
그것이 매일의 고된 일상을 버텨낼 에너지로 연결되면 참 좋겠습니다.

고옥처럼 늙어가기

슈리성을 찾아가다가 길에서
고옥 한 채를 발견했습니다.

세월의 무게가 내려앉아 좀 낡았지만,
단아한 기품을 잃지 않고

오랜 세월 제자리를 지키면서도
집의 일부엔 현대적 실용성도 살짝 가미한

한 채의 고옥 앞에서

늙어가는 자세에 대해 잠시 생각해봅니다.

188

작지만 정갈한 집

작지만 집들이 정갈합니다. 필요한 만큼만 땅을 차지합니다.

차지한 땅에선 책임감 있게 땅을 요리하며
집의 기능과 건축의 미학을 조화시킨 흔적이 역력합니다.

소멸 시대에도 아랑곳하지 않고
큰 차에 큰 집만 선호하고 과시하는 세속의 눈으로 보면
평가절하되기 쉬운 집 크기입니다.

하지만 좁은 땅에 맞춰 삶의 규격을 스스로 줄인
맞춤형 도시생활양식으로 볼 수도 있습니다.

토지 이용의 작은 지혜가 묻어나는 곳입니다.

대저택이 사람의 품격을 나타내진 않습니다.

필요한 만큼만 땅을 빌려 알차게 쓰는 것이
삶의 품격을 높이는 지름길입니다.

작품 만져보세요

작품 촬영하세요

문화 향유의 정석

무엇을 조금도 도모하지 못하게 틀어막기 일쑤인
규제 만능의 세상에서

이처럼 뭘 자꾸 해보라니
처음엔 이 문구를 보고 좀 어리둥절하고 의아해했지요.

조금 시간이 흐르자
이 메시지가 원래 작품과 관객 간 만남의 정석을
잘 말해 주는 것 같아 정말 기뻤습니다.

물론 안하무인격의 경우 없는 손짓으로 인해
그 소중한 만남이 작품을 훼손시키는 빌미가 되어선 절대 안 되지요.

하지만 "구더기 무서워 장 못 담그는" 것도 참 문제입니다.

작품의 묘미를 한껏 맛보되
작품에 정중히 예를 표하는 마음의 질서만 꼭 갖춘다면

우리는 이런 청유형 말투의 진정한 주인이 될 수 있습니다.

190

안 됨의 미덕

"-----하면 안 된다."
또 "-----하면 안 된다."

사람들은 부정적인 말투가 부정적 결과를 낳는다며
'안 된다'는 말을 삼가라고 합니다.

그래도 '담배 안 됨', '미원 안 됨' 등
건강한 생활 주거환경과 안전한 먹거리 문화를 지키려는 이런 안 됨은

우리의 몸을 지키고
세상의 질서를 위해 꼭 필요합니다.

'나 윤경이 엄마다'
메시지의 주장이 참 당당하고 표현도 귀엽습니다.

때론 긍정의 결과를 낳기 위한
부정적 언사도 간혹 필요한 법이지요.

골목길 정원의 탄생

매일 드나드는 골목에 내 것을 하나둘 내놓기 시작하면
아마 이웃들도 그렇게 하겠죠.

그러면 혼자서 다 돈 주고 사서
내 것으로 소유했을 때보다도

더 많고, 더 좋고, 더 예쁜 것들을
이웃과 풍성하게 공유할 수 있지요.

그것이 꽃이고 화분이면 이렇게
멋진 골목길 정원 하나 쉽게 탄생하지요.

내 꽃과 화분이 높은 담벼락 안에 갇혀 있기보다는
길가에 나앉아, 지나가는 행인과 소통하고 하나가 될 때

비로소 진정한 정원이 됩니다.
골목길 다니는 즐거움도 이웃과 듬뿍 나눌 수 있습니다.

동네 의자는 대화의 인프라

단상을 한참 올려다보며
늘 줄 맞추어 앉아야 했던 의자!

긴 세월, 의자는 권위와 질서를 상징하는 도구였습니다.

우리는 줄 맞춰 의자에 앉아
획일과 복종의 부동자세를 몸에 익혔습니다.

여기 뒷동산과 길거리에 자유롭게 배치된 의자들을 보니
눈이 다 시원해지고 마음도 편해집니다.

더 이상 질서와 권위의 강압적 장치가 아니라
소통과 대화의 인프라로 자리 잡은
동네 의자의 새로운 이미지가 우리 마음을 한층 가볍게 합니다.

193

안내판의 진화

외양만 그럴듯하게 보일 것이 아니라,
정확한 정보를 친절하게 전해주는 것이
안내판의 미션이죠.

낯선 건물의 각 층에서
내가 찾는 오피스 위치를 정확히 알려주면,
생면부지의 장소에서 당황하거나 위치를 찾는
수고로움이 많이 줄어들지요.

도서관의 서가 위치도 책장 옆면에 깨알 글씨로 써놓는 것에
그칠 게 아니라 먼 곳에서도 내가 찾는 책이 꽂힌 서가의 위치를

쉽게 식별할 수 있도록 바닥에 크게 표시해주면 좋겠군요.

이왕 내친김에 한 걸음만 더 진화하면,
안내판은 엄청나게 친절한 존재가 됩니다. 친절한 안내 씨!

서점과 성당의 공통점

크로아티아의 자그레브 시내 한 골목길 안의 서점.
서가가 놓인 2층으로 올라가는 조그만 나선형 계단이 보기에
참 매력적이었는데,

비엔나의 성 슈테판 대성당 안에도 큰 나선형 계단이 있네요.
물론 이 계단은 설교단으로 향하는 성스러운 계단입니다.
일개 책방의 계단과는 격이 다르다(?)고 할 수도 있겠지요.

하지만 좋은 책을 찾아
자신의 내면을 더 충만하게 하려고 오르는 서점의 계단도
마음을 정화하고 고양시키는 점에서 경건한 영성적 계단에 견줘
전혀 손색이 없겠지요.

195

서점과 편의점에 담긴 지역사랑

삿뽀로역 인근의 한 서점.
서점 안의 여러 코너에 홋카이도北海道 관련 책이 가득합니다.

북해도 지도나 여행책은 물론 지역 교과서, 지역잡지, 단행본도
진열돼 있습니다.

지역 관련 책 종류의 다양성 면에서 지역사랑과 지역홍보 열의가
물씬 느껴집니다.

소멸시대에 지역이 살아남고 그 문화를 지키려면 시민의 자발적 서점행이
필요합니다.

주민이 자기 고장의 역사, 지리, 문화, 산업에 대해 더 많이, 더 정확히 알 때,
지역 사랑의 열기가 전국에 퍼져 외지인의 방문도 많이 유도할 수 있겠죠.

역 인근의 한 편의점 출입구 안내판을 보니 지역축제 홍보 포스터가
붙어있습니다.

물건만 팔고 사는 돈 냄새 짙은 구멍가게가 아니라 지역행사를 홍보하고
문화정보도 교류하는 조그만 지역문화센터로서 기능하는
편의점의 색다른 쓸모를 확인하는 아주 즐거운 순간이었습니다.

화가의 피로회복제

고된 일이나 격렬한 운동으로 땀 많이 흘린 날엔
뜨거운 물 샤워가 피로회복에 제격입니다.
물론 포근한 이부자리도 필요하지요.

가을 정기전시회를 앞두고 몇 날 며칠
밤을 꼬박 새우며 불철주야 작품에 몰입한 화가들에겐

그림 보러 온 사람들의 박수와 칭찬의 말이 따뜻한 샤워 물입니다.
박수 소리와 칭찬의 말에 철야작업의 피로가 바로 풀립니다.

관객들의 따뜻한 박수와 마음으로부터의 칭찬을 이끌어내는
가을 정기전시회야말로 화가들의 진정한 피로회복제입니다.

동네 장터의 힘

과소비를 낳는 패스트 패션이 큰 문제입니다.
옷장을 열며 "입을 옷이 하나도 없네" 하는 말은 신상이 없다는
허튼 말일 뿐이죠.

해마다 옷을 사니 작년에 사서 한두 번 입은 옷은 이미 올드 패션?

물론 아이들의 키가 하루가 다르게 커가니
작년까지 입던 옷을 올해는 못 입힐 수도 있습니다.
그럴 땐 남의 집 동생들이 그 옷의 새 임자가 되면 정말 좋겠죠.

동네 플리마켓에서 불필요한 것은 처분하고 필요한 것은 득템하며
서로 정情을 나누는 이런 자리가

빈틈 하나 없이 빽빽이 들어찬 차가운 아파트 숲에서
사람의 얼굴을 하고 웃으며 서로 정을 나누는 소중한 순간입니다.
과소비 시대를 조금씩 지워가는, 살아 있는 교육의 장이기도 합니다.

4. 생태 친화적 삶의 길

마구 난개발해 땅 한 평이라도 더
내 것으로 만들자는 심사에,
사람과 자연이 공존하는 길 찾기는
짙은 안개 속에 갇히기 쉽습니다.
그래도 우리가 자연과 친해지려고 한 발짝 더 다가가고
자연의 순리를 닮아가려고 노력할수록
생태 친화적 삶의 길이
안개 속에서 서서히 걷히며 우리 눈에 보이기 시작하겠죠.

숲이 전하는 말

세상살이에 지친 분들 어서 오세요.

제 속으로 얼른 들어와 그저 저를 따라 쭉 걸으며
거친 호흡 가다듬어 보세요.

호흡이 편해지면 제 속에서 들리는
이 소리 저 소리에 귀 기울여 보세요.
제 안의 생명의 울림소리에 몸과 마음 흠뻑 젖어보세요.

몸과 마음의 안온함이 느껴지면
이젠 눈을 들어 저를 쳐다보세요.

저와 눈 맞추며 제가 지닌 푸른 기운을 다 받아가세요.

그 힘으로 내일 하루, 다음 일주일 힘차게 이겨내세요.

저도 여러분과의 즐거웠던 만남을 되새기며
또 오실 때까지 저를 지켜낼게요.

사람이 살기 위해 필요한 것들

집 안엔 사람이 앉아 있고,
밖엔 산, 나무, 새가 자리하고 있습니다.

여유로운 하늘과
이것저것 생명을 키우는 땅

식물인 나무와 동물인 새,
그리고 사람과 집

천-지-인 합일合一의 경지입니다.

도대체 이것은 무엇을 형상화한 것일까요?
템플 스테이를 운영하는 절집의 형상입니다.

어디 절집에서만 이런 호사를 누려야 할까요?
우리가 살아가는 일상의 모든 곳이

사람이 살기 위해 꼭 필요한 것들을 두루 갖춘
천지인 합일의 경지를 이루도록 다 같이 힘써야겠습니다.

생명에게 햇빛은

참 묘합니다.

한 뿌리에서 나온 두 잎인데,

햇빛을 많이 받은 놈과
바위 그림자에 가려진 놈의

피부 색깔과 몸 상태가 영 다릅니다.

햇빛을 못 받아 피부가 까칠하고
얼굴이 수척해진 한쪽 이파리에,

가지고 간 생수병 물로 얼른
영양주사 한 대 놓아주어야겠습니다.

그리고 햇빛을 더 많이 받을 수 있도록
저 바위 그림자를 좀 줄여주어야 할 텐데,

어떤 좋은 방법이 있을까요?

나의 보금자리는 어디인가

럭셔리 카, 명품 백, 호화 저택을 좋아하는 사람도 많지만
맑은 하늘, 뭉게구름, 품 넓은 산을 좋아하는 사람도 적지 않습니다.

대도시의 화려한 네온사인 아래보다는,
일용할 양식을 키우고 베풀어주는 들녘에서
호흡이 편해지고 두 발에 힘이 모이는 사람도 있습니다.

럭셔리 카와 명품 백의 주인이 되고픈 사람들의
소유 욕망도 어느 정도는 이해하지만

산과 들녘을 보금자리와 안식처로 삼고 살아가려는
사람들의 몸과 마음을 마구 훼손하는
난개발, 막개발, 미친 개발은 결단코 반대합니다.

더 많은 사람들 마음의 개안開眼을 통해
맑은 물과 깨끗한 공기, 건강한 흙의 가치가
더 많이 인정받고 존중되는 날이 빨리 오길 고대합니다.

국토는 생명의 장소

국토를 하늘에서 내려다보면 그저 난개발 대상이 되기 쉽습니다.
개발의 눈으로 보면 국토는 빈 땅이고 미지의 돈 덩어리입니다.

우리는 눈이 새빨개지도록 개발 도면을 파고들며
땅에서 한 푼이라도 더 돈을 건져내려 합니다.

땅으로 내려와 땅의 눈높이에서
국토를 보면 그곳은 생명의 장소입니다.

이 조그만 땅에도 도롱뇽, 산여치와 많은 풀들이 살아가고 있습니다.
생명의 눈으로 보면 국토는 엄연한 자연 생태계입니다.

땅에서 살아가는 뭇 생명의 존재이유를 지켜주고
그것들과 오래 더불어 살아가기 위한
사람들의 마음 씀이 긴요한 지금입니다.

녹색 게릴라의 출현

빈 땅을 남겨두면
마치 큰일이라도 날 것처럼
모든 땅에 건물만 빼곡히 들어섭니다.

새삼 맨흙 구경이 어려워진 요즘입니다.

여기 작은 공터에
자연이 한 움큼 터 잡고 있습니다.

삭막한 도시에 숨통을 틔우려는 듯
한 녹색 게릴라의 큰 상상력과 작은 실천이

도시에 자연의 옷을 입히고,
도시 속에서 자연의 가치를 길러냅니다.

도시와 자연의 치명적 관계

광교신대호수

세상이 개발이익만 앞세울 때 도시는 오만해집니다.
또 그만큼 삭막해집니다.

자연이 도시를 어루만져 줄 때,
도시는 그 삭막함을 치유할 수 있습니다.
그 오만함을 반성하게 됩니다.

도시와 자연은 대립과 갈등의 앙숙이 아닙니다.
서로가 서로를 필요로 하는 불가분의 관계입니다.

자연이 있어 도시는 호흡할 수 있고,
도시가 있어 자연의 가치는 더 존중받습니다.

도시가 건강하려면 자연을 한 아름 품어야 합니다.
일부러라도 녹지를 확보해 도시 안에 자연을 담고 키워나가야 합니다.

근린 자연이 오늘도 힘겹게 살아가는 도시인의 시름을 덜어주고
여유로운 미소를 되찾아주는 따뜻한 친구처럼 늘 함께하면 좋겠습니다.

긴장을 풀어요, 타워 크레인

차일피일 눈치 보며 삽질을 미루고 또 미루더니

뒤늦게나마 공사가 시작되자
이젠 모든 것이 정말 숨 가쁘게 돌아갑니다.

공기工期를 맞추려고
현장 곳곳에 동시에 설치된 타워 크레인들

덩치 큰 건축자재를 이곳저곳으로 옮겨 나르며
진종일 바쁘게 몸 놀리다가
이제 겨우 하루 일 마감하고 휴식에 들어갑니다.

하지만 진종일 가동하던
바쁜 몸의 기억이 고스란히 남아서인지

초저녁 불빛에도 잔뜩 긴장한 몸짓으로 서 있습니다.

탐욕에 물들어 늘 바쁜 인간의 속된 마음이
무심無心한 기계인 저 타워 크레인에까지
전염되지 않았으면 합니다.

시멘트 나무는 슬프다

긴 세월을 살아낸 노거수老巨樹 한 그루.

부서지고 굽어진 그 몸 동아리에서
나무가 견뎌왔을 세월의 풍파를 읽을 수 있습니다.

눈에 심히 거슬리는 점은
나무 기둥에 통째로 부어진 시멘트 자국입니다.

영혼 없는 인공의 흔적이 저 나무를 한없이 슬프게 하고
그것을 바라보는 사람들 마음에도 큰 상처를 안깁니다.

이제부턴 나무 살리기 등 자연의 복원에서도
겸손한 마음과 생태미학적 요소가 꼭 반영되었으면 합니다.

우리 주변의 사연이 좀 덜 아프고
그것을 보는 사람들도 치욕감을 덜 느끼도록

자연과 공존의 길을 닦는 사람다운 지혜가 필요합니다.

불야성不夜城의 경고음

입주를 앞둔 한 아파트단지에서 전력 실험을 하나 봅니다.
이윽고 입주가 완료되면 저곳은 불야성을 이룰 것입니다.

불야성 속에 밤의 어두움은 종적을 감추고
둥지 안의 사람들은 환한 불빛 아래서
오손도손 하루 동안의 이야기꽃을 피우겠지요.

그러나 피크 오일 시점을 진즉에 넘어선 오늘,
전력 낭비가 초래할 자원 위기와 환경파괴를 염두에 두며,

우리 각자의 마음속에 자원낭비 경고 센서등도
하나씩 반드시 켜놔야겠지요.

남양주 별내 덕송천

도시는 틈새조차 허용하지 않는다

좁은 땅에 너무 많은 사람이 얹혀사는
고밀도 개발의 현실은 이렇게

바늘 하나 뚫고 들어갈 틈조차 허용치 않습니다.

이제 남은 이 앞 땅 한 뼘마저도
조만간 아파트로 가득 채워질 운명입니다.

땅이 좁으면 서로 어울려 사는 것이 삶의 정석이건만

편 가르고 남 탓만 하는 심리적 장벽만
자꾸 높아지고 두꺼워지는 현실이 참 안타깝습니다.

214

진흙 무늬의 경고

자연이 만들고 그려낸 대부분의 풍광은
어느 화가의 작품에 견주어도
손색없는 아름다운 것들이 많습니다.

하지만 큰비의 결과물인
이 천변 계단 위 진흙 무늬 그림만큼은
섬뜩한 두려움을 느끼게 합니다.

큰비가 올 때마다
위험의 부메랑으로 되돌아오는

자연의 분노를 두려워하며
마음속 탐욕과 개발의 오만을 경계해야겠습니다.

짐승스런 편리, 사람다운 불편

고층 빌딩은 다채로운 이동수단을 자랑합니다.

수십 명의 사람을 한꺼번에 들어 올리는 엘리베이터와
층과 층을 촘촘히 연결하는 긴 에스컬레이터가
사람들을 수직으로 나르고,

긴 원형의 환상環狀복도는 사람들의 수평 동선을 확장해줍니다.

문명의 이기利器들은 이렇듯 사람에게 이동의 자유를 듬뿍 보장합니다.

하지만 너무 많은 이기가 불필요한 이동을 남발하고
불필요한 이동이 과도한 에너지 사용을 유발하진 않는지요?

정현종 시인의 지적처럼
이기에의 지나친 의존이 '짐승스런 편리'를 낳진 않는지,
웬만한 거리는 튼튼한 다리로 이동하는 '사람다운 불편'은
아예 불가능한지를

기후변화 시대의 에너지 전환 앞에서 한번쯤 생각해봐야겠습니다.

위예중아터휘

금지보다 긍정의 안내로

많은 사람이 이용하게 하려고
큰돈 들여 애써 만들어 놓은 이 좋은 장소들에서
왜 하면 안 되는 것들이 이리도 많은지요?

물론 소중한 자유에 상응하는 책임감 없이
방종을 일삼는 몇몇 사람을 견제하려는 불가피한 조치이겠지만,
그렇다고 "구더기 무서워 장 못 담글" 수는 없겠지요.

모든 것이 다 안 된다고 자꾸 막기만 하기보다는
사람들이 지킬 것은 지키면서
이 좋은 장소를 더 의미 있게 활발히 이용할 수 있는

그런 긍정의 방법들도 한껏 안내해 봄이 어떨지요?

특히 숲은 어른, 아이 할 것 없이 모두가 즐기며
지켜나가야 할 공유의 장소임을 아이들에게 알려주는 것이
진정한 숲 체험 교육이 아닐까요?

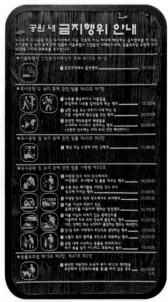

218

Welcome to 금계국 나라

신문이나 TV 뉴스를 보면
많이 가진 자가 더 가지려고 날뛰는 끝 모르는 탐욕의 경쟁에
아연실색하게 되고, 그만큼 깊은 분노에 사로잡힙니다.

가진 자들이 자행한 무질서의 나라에서 신나는 일 하나 없는,
세상살이에 지친 서민들의 하루하루가 참 애처롭습니다.

그나마 한 가지 반가운 뉴스는
지금 강가나 천변에 새 나라가 세워지고 있다는 사실입니다.

세상 풍파를 견디기 힘든 분은 강가나 천변으로 가보시면 좋겠습니다.
그곳에 가면 자연의 나라가 전하는 생동감과 해방감을 느낄 수 있습니다.

지천으로 퍼진 금계국 나라에 입국하시면,
화사한 색감으로 치장한 꽃들의 자유로운 군무 속에서
세상살이의 시름과 마음 상처를 조금이나마 치료받을 수 있습니다.

마음의 치유력이 높은 금계국 나라로의 방문을 환영합니다.

부디 이 나라로 자주 오셔서 시원한 바람 듬뿍 쐬시고,
다시 힘을 얻어 세상 속으로 뚜벅뚜벅 걸어 들어가십시오.

219

진정한 야외수업

여기는 조그만 야외 강의실입니다.
오늘 강의하실 분은 저 나무 선생님.

나무 선생님이 일찍 오셔서
강의 준비에 여념이 없으십니다.

잠시 후엔 나무 선생님 강의 들으러
사람 수강생들이 모여들겠지요.

저 벤치에 두서넛씩 나란히 앉아,

나무 선생님이 차분히 들려주시는

자연과 사람의 관계에 대한 강의에
귀 기울이겠지요.

220

일석삼조의 장소

아파트 단지 안의 나무들이
한창 자신의 아름다움을 뽐내며 단풍축제를 준비하고 있습니다.

이놈들 덕분에 단풍놀이하러 어디 멀리 갈 필요가 없습니다.
동네에서 운동하며 가을을 맘껏 즐기니 그야말로 일석이조입니다.

단풍놀이하러 차 끌고 멀리 나가지 않아도 되니
돈 한 푼 안 들고 길에서 시간 낭비 안 해도 됩니다.

게다가 단풍놀이하며 몸까지 튼실해지니
이런 일석이조가 어디에 또 있겠습니까?

사람들에게 자발적으로 운동을 유도하는 가장 좋은 방법은
집 인근에 도시 숲이나 공원을 조성하고
그곳에 운동기구들을 설치하는 것입니다.
그 설치비용이 막대한 건강보험 유지비용보다 훨씬 덜 듭니다.

그러고 보니 일석삼조입니다.
단풍나무들이 시민건강을 책임지며 국가예산까지 절약해 줍니다.

단풍나무 가득한 도시숲이나 공원에 운동기구를 배치하는 것이
이제 생활정책의 핵심으로 자리 잡으면 좋겠습니다.

비움의 미학

개발이익의 희생양이 될 뻔한 이 넓은 땅을
큰마음으로 비워 놓으니,

자연이라는 큰 세계가 한가득 들어서는군요.

때론 코앞의 달달함보다는
쓰디쓴 약 복용 뒤의 긴 치유력을 볼 줄 아는

맑은 눈과 긴 호흡이 필요하지요.

내가 오늘 이곳을 찾고
내 자식들이 훗날 이곳을 다시 찾아와
겨울 철새들의 아름다운 활공을 보기 위해서

'비움의 미학'은 우리가
평생 공부해야 할 인생 필수과목입니다.

천연 냉방의 집을 찾아서

지구가 들끓는 글로벌 보일링 시대!!

밤낮으로 너무 덥고 습합니다.
연중 열대야 일수의 기록 갱신은 전혀 달갑지 않습니다.

선풍기 바람의 시원함은 잠깐일 뿐
오래 돌리면 더운 바람만 나오고 머리만 띵해집니다.

에어컨 앞에 몇 시간 노출되면 냉방병이란 불청객이 찾아옵니다.

그럴 수 있다면, 정말 그럴 수 있다면,

지붕엔 나무 천정 올리고
사방의 벽은 나뭇잎으로 도배된 집에서

한여름 나는 게 최고입니다.

생태건축 쪽으로 한 발짝 더 발걸음 옮겨야겠습니다.

223

자연이라는 이름의 영양제

날은 가물고 한낮엔 찜통더위

전염병에 쉽게 노출되어버린 위험사회
단기적 성과로 사람을 함부로 재단하는 피로사회

그 속에서 오늘 하루도 묵묵히
자기 길을 열심히 가는 많은 분께 드립니다.

녹색의 바다, 자연이라는 영양제 한 움큼!

오지이기에 천혜의 자연

거북이 등가죽같이 단단한 소나무 수피樹皮와
페스츄리 빵처럼 한 겹 한 겹 벗겨지는 자작나무 수피

소나무 껍질의 강고함과 자작나무 수피의 부드러움이

구주령九珠嶺 고갯길을 사이에 두고
울진과 영양에 각각 존재합니다.

힘겹게 찾아가야만 당도하는 멀고 깊은 오지이지만

사람의 손길 덜 타고 발길 함부로 하지 않아야
맛볼 수 있는 천혜의 자연입니다.

경건한 마음과 조심스런 몸짓으로 자연의 문을 노크할 때
자연은 스스로 그러함self-so의 진수를 우리에게 선사합니다.

꽃 이름 알면 참 멋진 사람

길섶의 꽃들이 길 가는 행인에게 인사해 올 때,
반갑게 그 이름을 불러주면 참 좋지요.

"각시붓꽃, 안녕." "반갑다, 자주광대나물아."

꽃들의 인사를 많이 받는 봄엔
꽃 이름 하나 더 알려는 부지런한 몸짓과 따뜻한 마음이 필요합니다.

꽃 이름 하나 더 외워 그 이름 불러주면
꽃들이 인사해 올 때 전혀 부끄럽지 않습니다.

미물일지라도 그 이름을 불러주며 그 존재감을 인정해 주면,
꽃 이름을 불러주는 사람의 격格도 덩달아 올라갑니다.

때론 사람 이름 하나 더 외우는 것보다
꽃 이름 하나 더 알아가는 것이
일상을 풍요롭게 하고 삶을 값지게 합니다.

꽃 이름 하나 더 알아가는 일상의 변화로
삶의 재미가 마구 솟구칩니다. 삶이 더욱 풍성해집니다.

최소 측정 두 번에 정확한 톱질 한 번

그동안엔 사람의 이익을 위해서,
혹은 사람이 도모하는 일에 방해가 되어선 안 된다고

자연에 몹쓸 톱질, 거친 망치질을 참 많이 해댔습니다.

이젠 자연을 있는 그대로 살리면서
겸허의 마음으로 인간의 목적도 함께 도모하는
조화의 방법론이 필요합니다.

그러기 위해선
"최소한 측정 두 번에 정확한 톱질 한 번"이라는
목수(김진송) 철학에서 배울 것이 많습니다.

개발이익의 마수에서 벗어나는 당장의 인내와
긴 안목의 생태적 지혜가 그것입니다.

5. 유진(Eugene)에서의 1년, 그 내면여행

학교로부터 연구년을 얻어 미국 오리건(Oregon)주에 있는

유진(Eugene)이라는 조그만 도시에서 1년간 거주한 적이 있습니다.

오리건대학교(University of Oregon) 도서관을 매일 오가면서,

또 주말엔 유진 시내와 인근의 대자연을 찾아다니며

뭔가를 배우고 느끼려고 열심히 돌아다녔습니다.

평소 미국의 일방주의 외교와 오만한 통상경제를 비판적 시각에서

바라보는 입장이지만, 국가발전이라는 것이 일정한 단계를 밟아야만

이루어진다는 피할 수 없는 현실에 의거해,

우리 사회에 결여돼 있는 요소들을 그래도 선진국인 미국 사회는

어떤 해법을 갖고 채워나가는지를 열린 마음으로 보고자

생각을 다잡아 보았습니다.

대학의 기능, 자연생태계 관리, 생활문화 정착, 사회자본 등등

우리에게 부족한 점을 그들의 해법에서 답을 찾아보자는

저만의 서유견문을 써보자는 심정이었죠.

그리고 가끔 떠난 미국 국립공원과 대도시로의 여행길!

엄청나게 먼 길을 달리면서

미국 국립공원들의 대자연도 같이 담아 보았습니다.

미국 서부 대도시의 문화와 일상도 조금 들여다보았습니다.

매력적인 배움터

공부의 진정한 조건은
새로운 앎의 세계에 대한 설레는 마음입니다.

그래서 배움터는 공부에 대한 설렘을
듬뿍 북돋워 주는 곳이면 좋겠습니다.

위압감을 줄 정도로 학당學堂이 너무 크고 초현대식이면,
학생들은 배우기 전에 이미 주눅이 들거나
겉모습에만 취해 들뜨기 쉽습니다.

언제 봐도 조용하고 고즈넉한 이 건물은
공부에 대한 설렘을 키우기에 안성맞춤입니다.

현관문 옆엔 항상 예쁜 꽃들이 피어 있고,
큰 아름드리나무가 드리우는 시원한 그늘과
맑은 햇살이 이곳을 출입하는 사람들의
마음을 부드럽게 어루만져 줍니다.

이런 곳에선 고전문학이나 철학 같은
공부를 하면 더 좋겠습니다.

사람에게 가까운 강

도시의 발전에 있어 물은 필수여건입니다.
그래서 도시는 대개 강이나 바다를 끼고 발전합니다.

눈부신 경제발전을 이룬 서울도 한강을 젖줄로 삼고 발전해 왔습니다.

하지만 한강은 강폭이 최대 1km가 넘는 큰 강입니다.
차나 버스, 전철을 이용하지 않고는 쉽게 접근할 수 있는 강도 아닙니다.

유진시엔 윌래밋강이 흐르는데,
강폭이 좁고 수심도 깊지 않습니다.

강을 따라 숲과 트레일이 발달해 있어,
시민들이 강물에 발 담그고 책도 읽을 수 있습니다.
보트를 타고 한없이 흘러갈 수 있습니다.

윌래밋강은 도심을 유유히 흐르며
시민의 숨결을 듣고 시민과 고락을 같이하는
'사람에게 가까운 강'입니다.

윌래밋(Willamette)강

친구 같은 자연

집 앞에 조용히 개울물이 흐릅니다.
아담한 개울물을 따라 오리들이 흐르고,
소박한 산책로도 그 옆자리를 차지하며 같이 흐릅니다.

창문을 열면 나무가 보이고,
창문 안으로 스며든 따스한 햇볕과
산들바람이 사람들의 잠을 깨웁니다.

잠에서 깬 사람들은
자연의 베풂에 고마워하며,
자연에 대한 예의를 배웁니다.

창문 밖 나무를 보기 위해,
햇볕과 바람을 더 많이 느끼기 위해,

사람들은 자연의 곁으로 다가왔습니다.
그리고 벽을 허물었습니다.

개울과 나무와 햇볕과 바람도 사람들 친구가 되려고
매일 이곳을 찾아와 한사코 이곳을 지켜줍니다.

232

다리를 지키는 유채꽃 무리

캠퍼스 안 주차공간이 협소하고 주차료도 너무 비싸,
인근의 공원 주차장에 차를 세워놓고 걸어서
대학교 도서관을 오가던 연구년 1년 동안

시원한 강물 소리를 들으며 주중에 매일 건너던 저 다리 인근에,
언젠가부터 유채꽃 한 무리가 진지를 구축하고
길가는 행인들을 검문하기 시작했습니다.

그들은 매일 다리를 건너는 저를 수시로 검문을 합니다.
"오늘 아침엔 여기까지 걸어오며 몇 사람에게 상냥한 아침인사를 건넸는지?"

집으로 돌아가는 길엔 또 이렇게 묻습니다.
"오늘은 무엇을 보고 느끼며 무슨 생각으로 하루 일과를 요리했는지?"

그러면 저도 이놈들에게 묻습니다.

"오늘은 얼마나 키가 컸는지?"
"오늘은 다리를 건너는 사람들에게 빠짐없이 자연의 미소를 건네주었는지?"

좁은 길에도 중앙차선은 필수

찻길도 아니고도 자전거와 사람만 통행하는
이 좁은 공원도로에 노란 중앙차선이 웬 말?

길폭이 좁지만 엄연한 커브 길이기에,
교행자 간의 충돌방지 차원에서
중앙차선은 필수라는 답이 들려옵니다.

경미한 사고에도 항상 요란을 떠는 미국인들을 보면
어떤 경우 좀 지나치다는 생각도 들지만,

'빨리빨리 사회학'의 우리가
안전 불감증에서 속히 벗어나기 위해선,

사소한 것에까지 만전을 기하는
이런 좁쌀영감식의
안전의식과 안전 인프라가 절실하다는 생각도 듭니다.

사회학자 장경섭의 지적처럼, 삶의 질은커녕
"죽음의 질조차 보장받지 못할" 만큼 안전사고가 빈번해도

속도 효율성만 자랑하며 날림사회, 광풍개발로만 치닫는 우리에겐,
사소한 것에까지 만전을 기하는 이런 정면교사正面教師가 필요합니다.

234

장자 나무

강물에 누운 저 나무를 처음 보았을 땐 참 가여웠습니다.
세찬 강물과 모진 비바람에 힘겨워,
몸져누운 듯한 모습이 참 처량해 보였습니다.
살아나긴 해야 하는데, 그 생장조건이 꽤나 척박해 보였습니다.

그러나 1년 가까이 오가며 저 나무를 계속 지켜보면서,
저의 생각에 변화가 오기 시작했습니다.

이제 저 나무가 사람으로 치면 장자莊子 같다는 생각이 들었습니다.

저 나무는 수백 년 동안 저렇게 강물에 발 담근 채,
이런 물도 만나 친구 하며 놀고, 저런 물도 벗 삼아 소풍 놀이하며
한평생 소요逍遙해 왔을 것입니다.

장자가 한평생 아무것에도 걸림이 없는 소요유를 꿈꾸었듯이,
저 나무도 한평생 나름의 소요유로서 자유롭게 존재해 왔겠죠.

저 나무가 귀천歸天할 땐, 천상병 시인처럼
"이 세상 소풍 끝내는 날, 가서 아름다웠더라고 말할" 것 같습니다.

235

인생 100세 시대를 사는 법

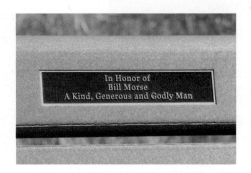

인생 100세 시대를 코앞에 두니 공연히 마음만 분주합니다.
목숨이 다하는 날까지 크게 아픈 데 없이,
그저 자식과 사회에 누가 되지 않기만 바랄 뿐이죠.

자식들이 세대 간의 세금전쟁에 갇혀 세금의 용처用處를 놓고
부모 세대와 다투게 되는 미래는 정말 생각하기도 싫습니다.

가진 것은 부족해도 몸과 마음을 건강하게 지키고,
무엇보다도 남에게 조금이라도 도움이 되고 기쁨을 주려고 노력했던

그런 말년을 보낸 사람으로 기억되길
겸허한 마음으로 바랄 뿐입니다.

나무들 사이에서 길을 잃다

유진의 옆 도시인 스프링필드Springfield는
컨추리한 느낌이 물씬 풍기는 고즈넉함이 딱 제 스타일이어서
무척 친근감을 자아내는 동네입니다.

이곳엔 도리스 랜치라는 공동 과수원이 있습니다.
재미있는 것은 과수원 주인들이 공동 과수원을 일반인에게 공개해,
그곳이 마치 근린공원 기능을 하는 점입니다.

이곳엔 엄청난 수의 헤이즐넛 나무가 질서정연하게 심겨 있어,
저 멀리 나무들 끝으로 나무 터널이 동그랗게 만들어지곤 합니다.
어느 곳엔 쌍 터널이 만들어지기도 하지요.

헤이즐넛이란 한 종류의 나무만 잔뜩 심어 놓았기 때문에,
나무 사이를 걷다가 길을 잃으면 출구를 찾기가 영 쉽지 않습니다.
주변 풍광이 너무 똑같아 '그곳이 그곳'처럼 느껴지기 때문이지요.

하지만 이런 곳에선 종종 길을 잃어도 좋습니다.
길을 잃어 과수원 안을 헤맬수록
제가 좋아하는 '나뭇잎 나라'에 더 오래 머문 시간이 될 테니까요!

교수의 길

한 학기가 끝날 때마다 마음을 짓누르는 스스로의 질문 하나.

사진 하단부의 조그만 글자들처럼
"교수는 학생에게 봉사하는SERVE 사람인가 아니면
파괴하는DESTROY 자인가?"

물론 대부분의 교수는 열성을 다해 강의하고 학생 지도에도 최선을 다합니다.

그러나 때로는 지식의 과잉 전달이나 인생 멘토로서의 과욕이 학생들 앞길에
봉사는커녕 자책과 파괴의 어두운 그림자를 드리울 수도 있겠습니다.

과유불급過猶不及이라는 말에 유념하면서
不狂不及(미쳐야 미친다)의 경계를 보여주는 것만이,

파괴자의 어두운 그림자보다는 봉사자의 숨결로
학생들에게 다가가는 교수의 길임을 다시금 명심해 봅니다.

요리건대 Art 스튜디오

238

고개 넘어 무릉도원

현실이 고단할수록 사람들은 마음속에 각자의 무릉도원을 그려봅니다.
그러나 무릉도원은 마음속에만 존재해,
사람들은 늘 현실에 좌절하며 오늘도 힘겹게 인생의 한 고개를 넘습니다.

레이니어산을 오르다 보니 고즈넉한 고갯길이 하나 나타나고,
저 고개를 넘으면 제가 그리던 마음속 무릉도원이
현실로 나타날 것만 같은 느낌이 문득 들었습니다.

언제부턴가 책을 보려면 마냥 답답해지는 낡은 눈을
시원하게 트여주는 맑은 햇살이 내리쬐는 곳!

먼 곳에서 가냘프게 들리는 존 덴버나 폴 사이먼, 에밀루 해리스,
조안 바에즈의 노래선율을 적당한 음량으로 키워 주는
산들바람이 부는 그런 곳!

비록 한여름 밤의 꿈 같은 허황된 생각이었지만,
제 눈엔 참 남다르게 보인 어느 고갯길을 앞에 두고,
잠시 마음속으로 그려본 저 나름의 무릉도원 입구였습니다.

레이니어산(Mount. Rainier) 국립공원

이 동상을 보라

오리건대학교 교정엔 두 개의 동상이 있습니다.
이청준의 소설 '당신들의 천국'을 상징하는 위정자나 지도자 동상은 아닙니다.
사립대에서 흔히 볼 수 있는 대학 설립자의 거만한 입상도 아닙니다.

하나는 평범한 어머니 동상이고,
또 하나는 유진 시의 개척자인 사냥꾼 유진 프랭클린 스키너Eugene Franklin
Skinner의 동상입니다.

힘센 분들도 아닌데, 왜 이런 사람들이 동상의 주인공인지 처음엔 의아했습니다.
그러나 갓 160년의 도시 역사를 지닌 이곳 사람들 생각으론,
개척 당시의 진자리 마른자리를 손수 거두신 개척자 가족의 어머니만큼
후손들이 소중한 마음으로 오래 기릴 분이 또 누가 있겠는지요?

개척자 사냥꾼이야말로 이 시市의 역사의 산 증인이 아닌지요?
그의 퍼스트 네임을 따서 시 이름이 정해졌고, 미들 네임을 딴 대로大路와
그의 성姓을 반영한 중앙공원이 있을 정도니까요.

제 눈길을 더 끄는 것은 개척자 어머니 동상입니다.
하루의 고된 일과를 끝내고 희미한 등잔불 아래서 성경을 읽는 어머니 동상에서,

우리는 경제 대공황 당시 미국 민중의 간난과 삶의 질곡을 그린
존 슈타인벡 원작, 헨리 폰다 주연의 영화 "분노의 포도"나,
소년기에 재미있게 본 TV 드라마 "월튼네 사람들"에 나오는
자애로운 어머니의 전형적 모습을 만날 수 있습니다.

안식을 모르는 영혼이 끝내 구원을!

이곳에 연구년 와서 아들애 도시락 싸서 학교에 라이드 해주면,
그 후부터 아들애 하교 시간까지는 완전히 내 세상.

그래서 주중엔 매일같이 드나들던, 저 도서관 문.
2층, 3층, 4층 번갈아 가며 하루에 한두 번씩 드나들던 저 정든 문!!

때론 어렵던 공부도 달게 느껴졌습니다. 그래서 세상이 참 맛있었습니다.

물론 하늘이 맑게 열리고 바람이 부드럽게 꼬리 칠 땐,
날씨가 너무 좋아 차마 들어가기가 망설여지던 저 문!

그러나 저곳에서 몇 년은 활용하고도 남을 좋은 자료도 많이 찾고,
논문들과 책의 뼈대도 가다듬었습니다.
육체의 눈은 더 나빠졌지만, 마음의 입은 항상 뭔가를 먹고 있었습니다.

〈파우스트〉에 나오는 말처럼

"안식을 모르는 영혼이 파멸을 초래하지만,
안식을 모르는 영혼이 끝내는 구원을 가져오는 법!"

잠자리에 들기 시작한 바다

추운 겨울 저녁,
스페이스 니들 전망대로 몰아닥친 칼바람이
카메라를 든 손가락을 잘라버릴 듯 매섭습니다.

추운 날씨만큼 공기는 청정하고,
전망대에서 내려다본,
엘리오트 만에 시작된 저녁노을은 안온하고 멋집니다.

잠자리에 들기 시작한 바다가 고요해집니다.
배들도 조금은 졸린 듯 귀가를 서두르는 표정입니다.

멀리 올림픽 마운틴도 슬며시 이부자리를 폅니다.

포틀랜드 신사

포틀랜드시의 파이어니어 코트하우스 광장에서

누군가를 반갑게 찾아 나서는 이 신사분을 보면
항상 저의 기분이 업up 됩니다.

이 신사분처럼 하루 일과를 마치고
단정한 옷차림으로

친구와의 저녁 약속을 기다리다 보면,
하루의 수고로움과 고단함이 빠르게 치유될 것 같습니다.

단정한 옷차림은 상대에 대한 예의이며,
자신의 기분을 업up 시키는 좋은 방법도 될 수 있겠죠.

저런 집에서 살고 싶다 　📷 올림픽(Olympic) 국립공원 크레센트(Crescent) 호숫가

올림픽 국립공원은 정치형태에 빗대면 중앙집권형보다는 지방분권형입니다.
공원 안의 한 곳을 구경하고 나면 다음 구경거리를 보기 위해,
일단 공원을 빠져나와 한참 달리다 다시 국립공원 안으로 들어가야 할 만큼
드넓은 지역 곳곳에 구경거리가 흩어져 있습니다.

공원 안에 크레센트란 이름의 광대한 호수가 하나 있더군요.
잠시 쉴 겸 호수 인근의 한 캠핑장으로 들어가니,
오래전에 지은 통나무집 하나가 저 멀리 눈에 들어옵니다.

원시 자연 속에 터 잡고 있어 태양이 한창 달아오르는
한낮을 빼곤 하루 내내 서늘하겠지만,
숲속 저 작은 집에서 한평생 살아 보았으면 하는 바람이 간절해집니다.

크레센트 호수에 비친 올림픽 마운틴의 산자락을 지켜보며,
산이 계절에 따라 자연스럽게 변해가듯이,
말수를 줄이고 몸가짐을 바르게 하며 조용히 늙어가고 싶었습니다.
오염된 썩은 몸이라고 자연이 저를 배척하지만 않는다면 말이죠.

용암 바다에 누운 고목

유진에서 캐스케이드Cascade 산맥을 넘어 한참 달리면
특이한 지형의 장소가 나옵니다.
이곳은 바로 뉴베리 국립 화산유적지Newberry National Volcanic Monument

유적지 안의 트레일로 접어들면 눈앞에 큰 화산이 보이는데,
이 화산이 폭발해 흘러내린 엄청난 양의 마그마가
산 아래의 광활한 산림을 초토화하고, 먼 곳을 흐르던 큰 강물의 방향까지
바꾸어 놓을 정도로 대단히 위력적이었다고 합니다.

그래서 이처럼 경이로운 용암 바다의 대장관을 빚어내고 있습니다.
사방팔방으로 펼쳐진 엄청난 면적의 용암 바다를 내려다보면서
마그마가 흐르며 만들어낸 깊은 계곡을 들여다보면
시간의 단절감이 느껴지며
내가 마치 자연의 진공 속에 존재하는 듯 멍해집니다.

아무것도 살 것 같지 않은 이 용암 바다 위에도 생명체는 있어,
사막에서 볼 수 있는 노랑토끼풀yellow rabbit brush이 자라고 있고,
다람쥐도 이 땅의 주인 행세를 하며 부지런히 먹이를 구합니다.

오래전 생명을 다한 고목도 경이로운 대자연의 흔적에 신비감을 더한 채,
영겁의 세월 동안 속절없이 누워 있습니다.

지옥에서 연옥, 끝내 천국

국립공원 메인 도로에서 한참 벗어나 외딴 산 정상에 위치한
단테스 뷰 포인트.
멀고도 험한 산길을 겨우 올라 차에서 내리니 세찬 바람이 맹렬히 불어옵니다.

단테의 〈신곡〉에 나오는 지옥의 문에 들어선 까닭일까요?
잠시 숨을 고르고 뷰 포인트에 서서 저 멀리 끝까지
펼쳐진 데스밸리 전체를 찬찬히 조망해 봅니다.

조금씩 숨결이 편안해지며 발밑의 광활한 소금밭과 앞산 만년설이
눈에 들어옵니다.
힘겹게 달려온 찻길도 까마득한 저 아래에서 실지렁이처럼 가늘게 흘러갑니다.
고진감래인가! 애써 올라오니 공원 전체가 한눈에 총정리되는 느낌입니다.

뷰 포인트를 벗어나 짧은 트레일 길을 따라 옆 산의 다른 전망대로 건너가니,
이 높고도 황량한 산 위에 나무도 있고 풀도 있습니다.
난쟁이 야생화도 자리 잡고 있군요. 하늘 위 구름은 어찌나 높고 맑은지!

몸을 돌려 360도 전방위로 펼쳐지는 눈앞의 장관을 열심히 쫓는 순간,
천국의 절경 속에 들어와 있는 듯한 느낌이 들었습니다.

발걸음 옮기기가 참 아쉽지만 조금씩 밀려오는 땅거미를 보며
하산의 고통을 절절히 느끼니, 방금 본 천국이 더욱 그립습니다.

단테스 뷰 포인트는 데스밸리 국립공원을 총정리하는 조망터!
그래서인가요, 이곳까지 한참 기어 올라올 때는 지옥이더니,
한숨 돌리자 그다음은 연옥, 그러나 끝내는 천국의 절경!

모두 다 빅 트리

오랜만에 허리를 젖혀 하늘을 한참 올려다보았습니다.
저 키 큰 나무들의 얼굴을 보기 위해서였죠.

그러나 이 나무들은 자기 얼굴을 쉽게 보여주지 않습니다.
그저 미끈한 롱다리와 잘록한 허리만 잔뜩 보여줄 뿐이지요.

이렇게 롱다리 나무들만 무성한 곳인데도, 사람들은 이 공원 안에서
"어느 나무가 더 빅 트리이다", "어느 나무가 가장 빅 트리이다" 하며
공연히 나무들을 경쟁시킵니다.

나무들은 천년 오랜 세월 조용히 자리를 지키고 서 있는데,
간사한 마음의 사람들이 경쟁의 잣대를 아무 데나 들이대며
공연히 나무들 키재기 경쟁을 일삼고 있습니다.

제 눈엔 이곳 나무들은 다 빅 트리입니다.

레드우드(Redwood) 국립공원

6. 모든 종교는 말한다.
사랑으로 사람다워져라

가끔 절이나 성당을 찾아가

마음을 쉬며 그곳에서 발견한 종교적 메시지를

카메라에 담아 보곤 합니다.

감히 말하자면, 모든 종교가 설파하는 메시지는

결국 사랑하는 마음 갖기인 것 같습니다.

그 사랑의 마음을 동행, 용서, 자비, 공동체의 마음으로 실천해

좀 더 사람다워지는 것은 응당 우리 몫이겠지요.

동행의 메시지

연등들이 단체 마라톤을 즐기고 있군요.

누구 하나 먼저 제치고 나가
일등을 독차지하려는 삿된 욕심 없이

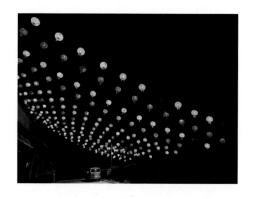

서로가 서로의 옆구리를 받쳐주고,
힘겨워하는 동료에겐 기꺼이 어깨동무해 주며

동행의 즐거움을 누리고 있군요.

동행 속에선 절대 승자가 없습니다. 모두가 일등입니다.

장미의 마리아 님 사랑

장미 세 자매는 성모 마리아 님의 보디가드입니다.

마리아 님이 세상을 잘 보살피시도록
강한 향과 날카로운 가시로
마리아 님 경호에 만전을 기합니다.

장미 세 자매는 성모 마리아 님의 친구이자 행복 바이러스입니다.

세상 보살피시느라 노고가 많으신
마리아 님의 시름을 덜어드리려고
행운의 숫자답게 하루 세 번 큰 웃음을 선사합니다.

사유해야 살 수 있다

뭔가를 궁구窮究하며 살아간다는 것은 쉬운 일이 아닙니다.
궁구해 도달한 결론을 행동으로 옮기면,
그 결과에 무한책임도 져야 합니다.

그래서 SSKK
위에서 "시키면 시키는 대로, 까라면 까라는 대로!"

SSKK는 참 쉬운 처세술입니다.
남이 하라는 대로 하며 살아가니 책임질 일도 없습니다.

문제는 그 속에 '내가 없다'는 점입니다.

무사려無思慮 속의 SSKK는
내가 응당 서 있어야 할 곳에
나를 부재하게 하니 큰 죄가 아닐 수 없습니다.

사유해야 살 수 있습니다.

사유의 결과로 무엇에 어렵게나마 도달해
그것을 책임지고 수행하려 할 때,
그 속에 진정한 내가 있습니다.

256

사람이 변수이다

날씨가 더워지니 한낮의 노동은 큰 고통입니다.
후덥지근한 날씨의 오후 공부도 참 쉽진 않지요.

비몽사몽의 경계에서 애써 버티다가
끝내 오수午睡의 유혹에 빠지신 동자 스님이 계시네요.

고행苦行이라는 말엔 '앞에 놓인 행동의 한계를 멀리 밀어내는 훈련'
이라는 아주 근사한 뜻이 담겨 있습니다.

"그까짓 더위쯤이야" 외치며 꼿꼿이 정좌하고 용맹정진하는
다른 동자 스님의 수행 자세에서 고행의 참뜻이 진하게 전해집니다.

더위 속에 잠시 오수를 즐길 수도 있지만
찬물로 세수하고 옷매무새 다잡은 뒤,
다시 세상 공부에 정진하는 것이 사람다운 사람이 되는 길입니다.

품에 안으시고 등에 지시고

속 좁은 나의 품은
내 것조차 껴안기 바쁘고
작은 내 등짝은 스스로 짊어진
것조차 감당하기 힘겹지만,

앞으로는 팔 벌려 삶에 지친
모든 생명을 다 받아주시고

뒤로는 뭔가 미련이 남아
쉽게 땅으로 가지 못하는 낙엽들조차
등에 전부 지고 계신 저분!

258

보시는 쉽다

사회가 각박해지니 타인을 대하는 우리 마음도 상당히 계산적입니다.
남에게서 뭔가를 기대할 수 있을 때만 내 마음과 지갑이 열립니다.

그러니 조건 없이 남에게 베푸는 행위인 보시布施라는 말은
쉽게 내 것이 되지 못합니다.

보시나 이타심 같은 말 앞에서 우린 스스로 타자화됩니다.

하지만 화장실 휴지 하나 아껴 쓰기만 해도 남에게 베푸는 것이 된다면,
우리는 보시라는 말 앞에서 주눅들 필요가 없습니다.

작은 것부터 실천하며 보시 행위의 발동을 늘 걸어놓으면,
어느덧 큰 보시를 할 용기도 생기겠죠.

보시가 이렇게 쉬울 줄은 예전엔 미처 몰랐습니다!

성북구 길상사 경내

볼일 보기의 평등

한 사찰의 청신사淸信士 정랑 안!

볼일 보는 데 있어 만인은 평등합니다.

법 앞의 평등, 기회균등의 헌법 정신이

피상적으로만 느껴지고
실제로도 만인에게 골고루 적용되지 못하는
안타까운 현실 탓인지

볼일 보기의 평등함이
참으로 새롭고 신선하게 느껴집니다.

이곳 변기의 평등함이
세상 살아가는 모든 이의 삶의 조건에서의 평등함으로 승화되는

또 하나의 출발점이 되길 조용히 기원해 봅니다.

성북구 길상사 정랑

당신의 미소를 배우고 싶습니다

풍족한 미소가 참 보기 좋지요.
넉넉한 몸집도 보는 사람들 마음을 편하게 합니다.

항상 베푸실 듯 열린 저 손.
힘든 자들 모두 일으켜 세우시는 저 따뜻한 손.

뒤따르는 사람들 넘어지지 않게
늘 앞장서서 거친 땅 고르시던 저 맨발.

당신의 미소를 배우고 싶습니다.
당신의 손을 잡고 싶습니다.

허락해 주신다면, 맨발로 당신의 뒤를 따르고 싶습니다.

마음이 선해지는 길

세상엔 많은 길이 있지만 그 길이 다 이롭고 걸을 만한 길은 아닙니다.

어떤 길은 사뭇 위협적이어서 범접하기 두렵고
어떤 길은 사람을 마구 유혹하지만
뭔가 꺼림칙해 진입이 망설여지는 길도 있습니다.

어떤 길은 반신반의하며 끝까지 가야지만
비로소 그 성격을 알게 되는 미심쩍은 길도 있습니다.

이 길은 두려움이나 의구심 따윈 다 잊고
마냥 서 있고 싶고 걷고 싶은 길입니다.

숲속처럼 자연이 충만한 길이며
모든 종교의 가르침인 선한 마음을 익힐 수 있는 길입니다.

오늘도 이 길에 서서,
위를 향한 경건의 마음과 아래를 향한 겸허의 마음을 찬찬히 배워봅니다.

참 좋은 말이다!

길을 걷다가 어느 조그만 교회 앞에서 발견한 두 단어
"고맙습니다", "사랑합니다"-----!!

하찮은 감투나 몇 푼 안 되는 돈을 놓고도 서로 다투고 경쟁하니,
우리는 남을 적으로 여기기 쉽고,
그러니 고마움, 사랑이라는 단어는 자칫 낯선 말이 됩니다.

누가 선행을 베풀어도 고마움과 사랑을 모르고 사는
무감한 사람이 되어선 곤란하지요.

무감한 사람은 소통을 모릅니다.
소통이 없으니 사소한 일에도 갈등과 반목뿐입니다.

싸우면 결국 둘 다 지는 게임이 되고 맙니다.
둘 다 이기는 법, 아니 최소한 둘 다 지지 않는 방도가 필요합니다.

진정으로 고마워하고, 사랑한다는 말부터 시작해야겠습니다.

"고맙습니다", "사랑합니다"는 막막한 불통의 세상에서
우리의 소통을 위해 최전선에 서야 할 말들입니다.

수행자의 진면목

수행자의 삶엔 군더더기가 없습니다.
선線 몇 개만으로도 당당히 존재합니다.

눈앞의 실리 따윈 안중에 없습니다.
세속과 거리를 두기 위해
아예 뒤돌아 앉습니다.

꼿꼿하게 앉은 뒷모습이
수행의 힘을 보여줍니다.

주변마저 청정하게 만듭니다.

공부의 참뜻

더 이상의 선두先頭적 드러냄과
경쟁적 알아냄보다는,

미욱한 마음 어서 깨우치고
미혹의 그림자 걷어내는 깨달음이 더 절실합니다.

공부는 자신의 마음을 알아가고,
못난 자신을 이겨내는 과정입니다.

그런 공부가 남을 위한 길도 조금씩 열어줄 것입니다.

건물은 사람과 친해야

비싼 문화 접촉비용을 지불하게 하는 인근의 한 박물관보다,

요새주택 단지gated community 안에 꽁꽁 갇혀
손쉬운 입장을 제한하는 인근의 또 다른 박물관보다

십 서귀포시 안덕면 방주교회

활짝 열려 있어 사람의 다가옴을 늘 허용하고
병들고 지친 사람들 감싸 안으며
자신이 지어진 의미를 거듭 되새기는 이 건물이

이 지역에선 제일 빛나고
사람의 모습을 한 건물임을 실감합니다.

정한수의 깊은 뜻

새벽에 일어나
몸과 마음 정갈히 하고

누군가를 위한 간절한 마음으로
두 손 모으는 것은

누군가를 위해
자신을 다 던지는 것입니다.

그런 헌신과 몰입의 심정이
그 누군가의 마음에도 꼭 전달되어,

기도 속의 원함을 현실로 실현해 내는
동력動力이 되면 정말 좋겠습니다.

장소에 담긴 삶의 윤리

안과 밖을 경계 짓는 담장이 있어,
들어가야만 성聖을 느낄 수 있고
들어와야만 속俗을 벗어날 수 있음을
알게 됩니다.

비록 막대기 하나에 불과하지만
저 막대가 있어,
그 너머의 함부로 범할 수 없는 곳과
이곳부터의 단속의 계율이 모두 성립합니다.

경건한 마음으로 안으로 들고
지킬 것 지키며 발걸음을 조심하면,

이곳에서 장소가 전해주는
생生의 윤리를 배울 수 있습니다.

신실한 노력이 소원을 이룬다

연등 속 전구와 전선 줄이
얽히고설키며 만들어낸 그림자 모습이

마치 밧줄을 단단히 부여잡고 안간힘을 다해
줄을 기어오르는 사람을 연상하게 합니다.

그래서 그림자의 모습은 연등의 미션인
소원성취의 길을 대변하는 듯 꽤나 인상적입니다.

절에 시주나 듬뿍 하고
치성致誠으로 기도만 드린다고 해서

개인적으로 발원發願한 것이
다 이루어지는 것은 아니지요.

힘을 모아 목표를 향해
조금씩 꾸준히 다가가는 저런 신실한 노력이

간절한 기도와 맞물릴 때
비로소 소원은 이루어집니다.

어머니의 동행

삶에 지치고 힘이 부친 사람들이 부쩍 많아졌습니다.
경쟁에서 진 젊은이들도 주위에 적지 않습니다.

세상살이의 부지런한 과정이 각자가 원하는 결과로
쉽게 연결되지 않는 모순의 시대를 살고 있습니다.

지킴의 가치보다는 위반의 처세가 승勝하는
이상한 시대를 살고 있습니다.

억울하게 진 사람들의 마음을 헤아려 주고
지친 사람들의 손과 발을 품어줄 어머니가 필요합니다.

지킬 것 지키며 열심히 자기 길을 가는 사람들이
원하는 곳에 무사히 이르도록

그 길을 함께 해주실 어머니가
우리 곁에 늘 계시면 참 좋겠습니다.

장미 넝쿨의 경고

장미 넝쿨 뒤로는 한길 낭떠러지!

그래서 경계의 눈빛을 멈춰선 안 되고
겸허한 발걸음도 요구됩니다.

위험한 곳이 현실의 낭떠러지만은 아니겠지요.

마음 이면의 곳곳에 도사린 낭떠러지도 경계해야 합니다.

장미처럼 화려하나 그 가시에 찔리면
우리를 무척 아리게 하는
마음속 위험 요소도 적지 않지요.

절집의 장미는 이래저래
여러 면에서 우리에게 삶의 교훈을 전해주지요.

포용하려면 먼저 포옹하라

때론 나 자신조차 잘 모르고
나를 용서하기도 어려운데
남을 이해하고 관용을 베풀기는 참 힘든 일입니다.

더욱이 두 팔 벌려 남을 품에 안는 것은
정말 버거운 일인지도 모릅니다.

그러나 내가 남을 무시하고 거리를 두면
남들도 나를 경원시하고 경계합니다.

일부러라도 포옹의 몸짓을 배우고
자꾸 시도해야 할 것 같습니다.

포옹하려고 애쓰다 보면
진짜 포용의 마음이 생길 수 있습니다.

포용의 마음이 조금씩 쌓이면
포옹의 몸짓은 한결 수월해질 것입니다.

말은 마음의 소리

지금의 내 마음이 지금 내가 내뱉는 말이 되는군요.
내 복잡한 심사가 독기 서린 말이 되어
남의 심장에 꽂히는 비수가 될 수도 있겠군요.

    아주 간혹 어진 내 마음이
        슬픈 누군가를 위무慰撫하는 따스한 난롯불이 되고,
        길 잃고 방황하는 사람에겐 길 찾아주는 나침반도 될 수 있겠군요.

손바닥은 말한다

화난 얼굴은 많아도
화난 느낌의 손바닥은 없습니다.

세상살이가 두려워 움츠러든 사람들 마음은 많지만
뜨거운 세상사에 손이 델까 봐 움츠러드는 손바닥은 없습니다.

모든 손바닥은 웃습니다.
자신의 가장 큰 한 뼘으로 존재합니다.

화나고 마음이 움츠러들 때마다
이 세상 가장 넓게 손바닥 펴려는 듯,

움츠러든 마음을 다림질해 활짝 펴며
너그러이 세상사를 대해볼 일입니다.

언제나 말을 건넬 수 있는 곳

이곳에선 절대 외롭지 않습니다.
자애로운 마리아 님도 여기 계시지만

누군가에게 안부를 물을 수 있는 전화부스가 저기 있고,
찾아오는 사람 모두를 반겨주는 꽃밭이 여기저기 있습니다.

행여 전화 걸 상대가 마땅치 않아도 전혀 걱정할 것 없습니다.
여기 꽃들에게 말을 걸면 됩니다.

꽃들은 함박웃음으로 사람을 반기고
하늘하늘 몸짓하며 사람들 말에 호응합니다.

이곳은 언제나 말을 건넬 수 있는 곳입니다.
소통과 만남의 장입니다.

산사로 가는 길

산사로 가는 길은 긴 오르막길이라 좀 고되지만 발걸음은 늘 가볍습니다.

윤회나 연기緣起 같은 어려운 개념은 몰라도
사찰을 향한 마음은 마냥 설레고 발걸음에도 힘이 붙습니다.

길가의 경건한 공기가 부족한 신심도 채워주고 삿된 마음도 바로잡아줍니다.

막바지에 이르자 절집 찾는 자의 겸손한 발걸음과 불심佛心을
시험하려는지 가파른 계단길이 남습니다.

다행히도 경내로 들어가는 길목의 휘어진 문턱이
사람들 마음을 한층 가볍게 해줍니다.
부처님 뵐 요량에 마음은 설레고 발걸음도 가벼워집니다.

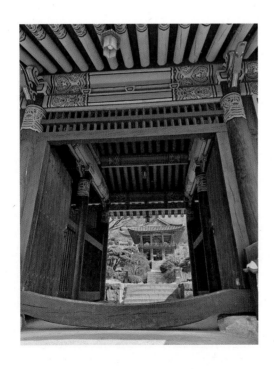